俺は47マイルの鉄条網を歩く。
俺はコブラのネクタイを使っている。
俺は道路脇にガラガラヘビの皮で出来た真新しい家を建てた。
真新しい煙突のてっぺんが骸骨で出来ている。
ちょっと俺と歩かないか、オリィ、
俺に誰が好きなのか言ってみな。

「Who Do You Love」Bo Diddley
訳：町田謙介

ジャンク ジャングル キッズ

JUNK JUNGLE KIDS

町田謙介

001

Junk Jungle Kids
Chapter 001

強烈な日射しが空から照りつけている。

僕らは、ススキが生い茂るだだっ広い草原を分け入って進んだ。背丈ほどもあるススキは、枯れた黄土色、青々とした若草色が混ざり合って複雑な色合いを見せている。この草原を抜けると谷間が現れ、その向こうに道路と小川が見えるはず。それで僕らの探検旅行は終了するはずだった。

ところが、目の前には思いもよらない光景が広がっていた。

僕らが立ち止まった前方は確かに切り立った崖だった。でもその深い谷間の底にあったものは、道路でも小川でもない、巨大な車の墓場だった。数えきれないほどの自動車や、トラック、バスなどがスクラップ状に折り重なり、何台も積み上げられ、無造作に打ち捨てられていたのだ。

「うわっ！」

「何だ、こりゃ」

「すげーや」

僕ら三人はいっせいに驚きの声をあげた。

町からかなり離れたこの付近には、古くなった家具や電化製品などのゴミを無断で捨ててある所が多い。でも、こんなにバカでかく鉄屑だらけの所は初めてだ。

まるで廃墟になった未来都市のようだ。あるいは巨大な宇宙船が墜落して大爆発を起こした果ての残骸。潮の流れで一ケ所に集まり岸壁に流れ着いた難破船たち。

思いがけず見つけたこの鉄の残骸の一群に、僕らは猛然と興味がわいてきた。

「おい、降りてみようぜ」タカシが言い出した。

「――でも大丈夫かな」と僕。

「何だよ、ケイタ、怖いのかよ」タカシがつめ寄る。

「そうじゃなくてさ、下に誰かいるんじゃないかなー、と思ってさ」

「そうだよ、見つかるとやばいぜ」とアキヒロが加勢してくれた。

「ふん、じゃいいや、手分けして偵察してみようぜ。俺はあっちから見てみるから、アキヒロは向こう側で見てみろよ」とタカシが仕切った。

「俺は？」

「お前はここで見張ってりゃいい。二、三分後にここでまた落ち合おうぜ。いいな？」

二人は密談後の忍者のように、素早く両わきに散っていった。

残った僕は双眼鏡を使い、谷間の中を注意深く眺めてみた。特に人がいる様子はない。双眼鏡を目から外し、耳をすます。谷間にあたる風がゴーゴーとうなり声を立てているが、やはり人の気配はない。再び双眼鏡で今度は左右に分かれた二人を捜す。

左手にタカシ。崖ギリギリの所につんのめるようにして座って、学帽の鍔《つば》を後ろに回し、双眼鏡を目に当てている。サスペンダーをつけた白いランニングシャツが目立つ。あれじゃー、もし下に人がいたら見つかってしまうだろうに。

右手にアキヒロ。小柄で身軽なアキヒロは崖に突き出たナラの小木によじのぼって双眼鏡で下をのぞいている。今にも枝もろとも谷底に落っこちそうだ。

しばらくして二人は、浅瀬の海の水みたいに草を掻き分けて戻ってきた。

「どうだった？　誰か、いそう？」僕は訊いた。二人とも首を横に振った。ってことは、どうやらこの谷間には誰もいないってことだ。

そうなりゃ僕らのとる行動は早い。三人は無言でうなずき、次の瞬間「ヒャッホー」と奇声をあげ、三階建てのビルの高さくらいはある崖を一気に駆け降りていった。

火山灰でできているこの一帯は地質がもろいため、地面が雨で削られ、えぐりとられて陥没することがよくある。以前大雨の時に、崖の上の住宅が土砂と一緒に流された事件もあったくらいだ。僕らはそういう所でいつも遊んでいるので、これくらいの崖ののぼり降りは朝飯前なのだ。

火星のクレーターのような赤褐色の谷底に降り立つと、背後の崖から土煙が遅れて舞い降りてきた。僕らはすばやくそれらをかわす。

ぐるりとあたりを見わたすと、この谷間が相当な大きさだということがわかった。

そこに大量の車の残骸が所狭しと放置されている。

変形して骸骨が笑っているような顔した車、ひっくり返ってクワガタの腹のような底を見せてる車、全てをはぎ取られ骨組みだけがむき出しになった車、ひからびた果実のように固まった車、などいろいろな廃車は、表面の塗料がひび割れ、剝がれ落ち、チョコレート色のサビ、血がしたたったようなサビ、ケロイドのようにぶくぶく膨れあがったサビなどで覆いつくされている。それらがお互い飴細工のようにいびつに折れ曲がり、ひしゃげ、へこみ、グニャグニャに押しつぶされた鉄の塊になり、その塊たちが折り重なり、建物のようにそびえ立っていた。

そして、その立ち並んだ車と車の間には、道路のような広い間隔があいていて、迷路のように絡み合いながら方々に続いていた。

そこに時おり、突風が勢いよく通りすぎていく。風が吹くたびに鉄同士がきしみ合い、ギシギシと歯ぎしりのような鈍い音をたてている。土煙が舞い、鉄サビの臭いとか、ゴムタイヤ、ガソリン、鉄の焼け焦げた強烈な臭いがわきあがり、鼻をついた。

まさに、朽ち果てた鋼鉄の未来都市。誰も寄りつかず、取り残され、忘れ去られた瓦礫の都市。あとは風化し、崩れ落ち、草々に覆われ、蝕まれ、サビたちにすり替わっていくのを待つだけの滅亡都市。

ひょっとしてここは、未来からタイムスリップして現れたのではないか、あるいは逆に僕らが時間の歪みに足を踏み入れてしまったのではないか。そんな錯覚に陥ってしまいそう。

「何だかゴーストタウンみてーだな」タカシも同じようなことを感じたみたいだ。

「なんか、すげーとこ見つけちまったな」

「うん、こいつはすげー!」

殺伐として、不気味で、謎めいた所だけど、僕らは妙にワクワクしていた。心臓がバクバク高鳴るのを感じた。こんな光景を目の前にして平静でいられるわけがない。

「やっぱ、カローラやブルーバードが多いな。あ、あれはスバル三六〇だ。パブリカやスカイラインもある。あー、外車も結構あるんだな。うへー、珍しい、ホンダZなんかがある」

アキヒロが目を輝かせて廃車の品定めをしている。

「よく知ってるな、お前」僕は感心した。小学生の僕らは運転こそできないが、ある程度自動車の車種名は覚えているものだ。でも、アキヒロは妙に詳しかった。

「これくらい常識だろ」

「でまかせ言ってるんじゃないの?」タカシがちゃかす。

「でまかせなんかじゃねーよ。お父さんに教えてもらったんだからな」とアキヒロ。「でもこんなにたくさんの車、誰が置いてったのかな?」

「バーカ、置いてったんじゃなくて捨ててったんだよ」

「わかってるよ、誰がだよ」

「そんなの、わかんねーけどさ」

「変なのー。わかってないのに、いばってら」

「いばってなんかいねーだろ」

「いいから、も少しちゃんと調べてみようよ」僕が二人の口論をさえぎった。

あたりをくまなく探索するうちに、徐々に状況がつかめてきた。

小学校の校庭の倍くらいはあるこの巨大な窪みは、恐らく相当前に雨に削り取られて入江のような形になってできあがったのだろう。

入江の向こうには僕らの最初の予想通り、町へ通じる小さなジャリ道があり、そのさらに先には道に並行して小川が流れていた。雨で削られた火山灰の土砂は、道路を越えて一気に川に流れ出ていったのに違いない。

その手前には金網でできた大きな観音開きの門が設けてあり、道路から仕切られていた。が、かなり粗末なつくりで、カギはなく、カンヌキをはずし手で押せば簡単に開けられた。

門から外に出て振り返ってみると、この場所の地形が入り組んでいるため、道路側からはちょうど崖の死角になっていて見えない。もし僕らが道路側から来ていたら、この車の墓場は発見できなかったはずだ。

　看板や立て札を探してみたが、どこにも見あたらなかった。どうやらここには、ちゃんとした管理者はおらず、誰かが勝手に廃車などを捨て始め、積もり積もってこんな巨大な鉄の墓場ができあがったのだろう。

　その誰かが目隠しとして簡単に作ったと思われる金網の門を再びくぐり、入江の中に戻る。門のそばには、わりと最近に捨てたらしいゴミの一群があった。それは車ではなく、つぶれたボーリング場などのレジャー施設にあったものを一切合財持ってきたみたいで、ボールやピンなどが雨ざらしになって転がっていた。まるでボールは巨大卵の化石のようで、ピンは巨大虫の抜け殻のようだ。

　さらにそのわきにボーリングのピンの形のバカでかい広告塔がそそり立っていた。こっちはまるで火星の表面に落下して突き刺さったロケットのよう。

　崖の奥のほうに戻るにつれて、捨てられた年月が古くなっているらしく、うずたかく積まれた車は段々古びている。そしてその巨大積み木の上やまわりに、火山灰や枯葉が覆いかぶさり、カビとかコケとかキノコが生え、ツタ、ウルシなどが絡まり、シダやクマザサなどの雑草がはびこっている。さらに、それを大事に包みこむかのように幾重にも蜘蛛の巣が張り巡らされて、人の侵入を拒んでいた。

そこから見え隠れしている折り重なった車のフロントライトが、遺跡に刻まれた怪物の顔のレリーフのように僕らを睨《にら》みつけている。まるで秘境に埋もれている古代遺跡のようだ。そう、ここはスクラップジャングル。僕らはそのジャングルに迷いこみ、鉄の大遺跡を発見したのだ。

「こんなとこ知らなかったな」

「誰にも知られてないかな」

「そうさ、俺らが第一発見者さ」

三人は宝物を掘りあてた盗賊のようにニヤリと笑った。

アキヒロが手をかざして「うおーおーい」と大声をあげた。その声は鉄のかたまりや崖にぶつかり、跳ね返り、複雑な残響音となって谷間一帯にウオーンウオーンと鳴り響いていった。

この谷間のちょうど真ん中あたりに、雨や湧き水でできた大きな水たまりが、まるで街の中央公園にある噴水池のようになっていた。表面には廃車から流れてきたオイルが広がり、虹色に鈍く光っている。

その池のほとりの雑草地で三人はしゃがみこみ、目の前にそそり立つ奇怪な風景を見わたしながら、誰からともなくつぶやいた。

「なあ、ここ、俺たちの秘密基地にしないか?」

002

JUNK JUNGLE KIDS
CHAPTER 002

今から約四五年以上前、一九七〇年代初頭、日本が高度成長期にあった時期。それは、砂《すな》埃《ぼこり》と土煙とセメントまみれの時代だった。全てが目まぐるしく変わっていく時代だった。人々はキートンの映画のように慌ただしく動きまわり、昨日の空き地に今日はプレハブが建ち明日にはビルが建つくらいの勢いだった。ダンプカーが行き交い、アスファルトの湯気が方々で立ちこめ、丸太の電信柱はコンクリートの円柱に変わり、あやとりのひものようなこんがらがった電線が空を覆った。

僕らは、手品師の演《だ》し物を目を丸くして見ている観客のように、様変わりする街の光景を眺めていた。誰もが進歩に浸り、「豊かな未来」を信じて疑わなかった。

——そんな時代だった。

当事小学生だった僕は、北の地方都市S市の西のはずれに位置するちっぽけな町に住んでいた。この地方にはまだ田舎独特ののんびりした風土が残っており、その喧噪とのどかさの狭間で僕は暮らし、育っていた。

小学校最後の年の夏、この土地で、僕は仲間と一緒に生涯忘れないであろう不思議な出来事を経験した。それはまるで魔法のような出来事で、褪《あ》せることのない黄金のような思い出となって僕の胸の中に刻みこまれた。その夏の日、あたり一面の青空の下で、僕らは笑い、騒ぎ、驚き、跳び回り、転げ回っていた。通り過ぎる心地いい風を全身で感じ、降り注ぐ眩《まばゆ》い日光を全身で浴び、夢見るような時間と、二度と出会えない幻の場所との出来事をひとつひとつ大切に紡いでいった。

この物語は、その織り成した絹糸のような体験を記憶の箱に詰めこんでおいたものだ。それを僕は今回取り出し、太陽に浴びさせようと思い立った。

さあ、再び時空を飛んで、その頃の僕の記憶に時間を戻すとしよう。

ランドセルの重荷から解放された夏休み。

僕、高森ケイタと、親友の植田タカシ、須佐アキヒロの三人は、企てていた探検旅行の計画を、この休みの間に実行することにした。

僕らはすでに、S市を遠くに見下ろせるこの高台の町で、僕らだけのとっておきの場所を見つけだしては、自分たちの陣地にしていった。それはたとえば、神社の裏側の坂に生えている野生グスベリの実の繁殖地。「水源地」という人口湖のそばにある元防空壕の洞窟（『のら黒じいさん』が住んでいた）。丘の上の有料公園への秘密の抜け道、と、その向こうのサナトリウム集落の廃墟。貯水場の中の巨大な地下水路、などなど。

さんざん大人たちに怒鳴られ、追い出されたりしたがお構いなしだった。僕らにとって「立入禁止」の立て看板は、「どうぞお入り下さい」と同じことを意味していたからだ。

そこで今回の夏休み、まっさらな紙に絵の具を塗りたくるように、さらなる未知の領域を探検し、開拓し、征服して陣地を広げていこうと決め、いまだ足を踏み入れたことのない、国道わきからH川の手前の崖の上まで続いている空き地の探検旅行に出かけることにしたのだ。

空き地といってもそこは僕らのちっぽけな町がまるまる入るくらいの広大な土地で、大昔は何かの畑だったらしいが、今は野生のススキで覆いつくされているだけの荒野になっている。ここに何が隠れ、潜んでいるのか、探検しない手はない。

夏休みの最初の日。

北国の短い夏の到来を知らせるファンファーレが天上から聴こえてきそうなカラッと澄みわたった青空の下、僕らは探検用の方位磁石、双眼鏡などを持って、国道沿いの倒れかけて用をなしていない有刺鉄線の柵を軽々と飛び越え、なだらかにうねったススキの大平原へ入りこんだ。

長い間誰の手もつけられず伸び放題になっていたススキは、僕らの背丈をゆうに超え、ジャンプしても向こう側が見えやしないほど。そのだだっ広いススキ草原の道なき道を用心深く踏み分けて進む。こういう所にはたまに放置された「肥溜《こえだめ》」が残っていて、硬くなった表面を気がつかず踏んで、落っこちてしまう危険があるからだ。

進むたびにバッタや小さな虫が飛び交い、体に細かい草の実が張りつき、まとわりつく茂みと格闘しながらしばらく歩くと、前方にぺしゃんこになったバラック小屋が現れた。土壁や木の骨組みは腐って崩れ落ち、サビついた波形のトタン屋根に押し潰され、シダやクマザサなどの雑草に飲みこまれていた。恐らく最初は誰かが住んでいて、その後納屋として使われていたのだろう。それもはるか昔の話で今は野ねずみあたりの住処《すみか》だ。この程度の廃屋はこの一帯にはいたるところにあって、そういったものを発見して調べ上げるのが探検の当初の目的の一つだった。

そこで一息入れた僕らはさらに先へ進み、思わぬ発見をしたのが断崖絶壁の底にある車の巨大墓場だったのだ。

このとんでもなく存在感のある場所にすっかり魅了された僕らは、そこを〈ロストシティ〉と呼び、ほかの探検旅行はそっちのけで、そこに秘密基地を作ることに専念したのだ。

まず最初にすべきことは、〈ロストシティ〉全体を丹念に調べて地図を作ること。この地図作成はとても重要な作業だ。それは金銀財宝を隠した海賊の地図のように緻密で、正確で、古めかしく、秘密めいていなければいけない。それから、どこが一番秘密基地に適しているか決めればよい。

廃車同士が重なり合った一群を一区画と見なすと、ここ全体を一つの街並みとして捉えることができる。要塞として造られた中世ヨーロッパやアラビアの入り組んだ迷路のような街並みにとてもよく似ているからだ。一度迷いこんだら二度と抜け出せない謎の迷宮市街。まわりを強固な壁のような崖に覆われた円形都市。まさに〈ロストシティ〉！

さらにその建物と街路間の地面の下を、無数の溝《クレバス》が火星の運河のように亀裂になって縦横無尽にはり巡らされていた。幾度かの雨の時に火山灰が削れ、流れて川のようになった水の筋が干上がってできたのだろう。背丈ほどの深さの箇所もあって、そこを通って地上に顔を出さずに〈ロストシティ〉を動きまわることもできた。第二の秘密の通路、〈地下通路〉だ。そういう意味でこの街は立体的な二重構造になっているのだ。

僕らは〈ロストシティ〉の地域を大まかに区分して、次のようにそれぞれ特徴に合った名前をつけた。

〈自動車地区〉

さらに一〇個ほどのエリアに分けられる。乗用車のほかにも、荷台がはずされた前輪だけのトラック、ミゼットなどのオート三輪や、スーパーカブなどのバイク、スクーター、モペット、除雪車など、さまざまな車がみられる。そのまわりには車の部品がはぎ取られ散乱している。奥まった所にまだ新しいクレーン車が一台隠れるように置いてある。恐らくこれを使って廃車を積みあげるのだと思われる。

〈バス地区〉

西側の崖のすぐ下に位置する。約一〇台ほどが無造作に並んでおり、大半は潰れておらず、車内にもちゃんと入れる。ほとんどが対面式の座席のワンマンバスだが、何台か車掌が乗っていたころのボンネットが前に突き出ているバスもある。


〈タイヤ森〉

北側の崖を覆いつくすように積み上げられている数えきれないタイヤ群の一帯。そこに住みついているへこき虫《カメムシ》の発する匂いがきつくて、なかなか近づく気になれない。


〈ボーリング塔地区〉

巨大なボーリングのピンをかたどった広告塔と、そのまわりにネオンサインの残骸、ボーリング用品、ビリヤード台、パチンコ台などのゲーム器具、ミラーボール、機材などが山積みになって散らばっている。


〈バラック地区〉

車以外のいろいろな粗大ゴミが捨ててある廃材置き場。テレビ、冷蔵庫などの電化製品や、タンス、椅子、テーブル、足踏みミシン、鳴らなくなったオルガン、ブリキの自動米櫃《こめびつ》機、コルゲンコーワのカエルの人形、土管、煉瓦、工事現場の木の廃材、鉄パイプから電話ボックス、などなど。まだまだ面白いものが発掘できそうな宝の山だ。この付近から湧き水が湧いていて、〈中央池〉まで流れている。

〈中央広場〉

〈ロストシティ〉のほぼ中央に位置する、学校の教室二つ分くらいの何も置いていない空間。そこを中心にパリの街並みのように放射状にいろんな地区が広がっている。

〈中央池〉

〈中央広場〉の真ん中にある学校のプールくらいはある大きな水たまり。湧き水が注ぎこんでいるせいで少しは水が循環しているが、いつも大体淀んでいる。一定量水が溜まると溝を通って門の下を抜け小川に流れているようだ。池のまわりは水草や、ピーピーグサ、ユキノシタ、グスベリの実（美味いが、とてもすっぱいので食べすぎると舌が割れそうになる）などの雑草でおおわれている。

〈門〉

金網でできている観音開きの門で、背丈の二倍くらいの高さはあるが、かなり粗末なつくりで今にも倒れてきそう。これで道路と〈ロストシティ〉を区切っているので、棒のカンヌキは外さないで誰も入れないようにしておく。

この地図を作るための過酷な探索は並み大抵ではなかった。僕らは毛糸玉のように絡まった雑草を払い除け、ミイラの包帯のように巻きついている蜘蛛の巣をひっぺがし、〈ロストシティ〉の険しいジャングルの奥の奥まで探り回った。そのため擦り傷、切り傷、打撲はあ

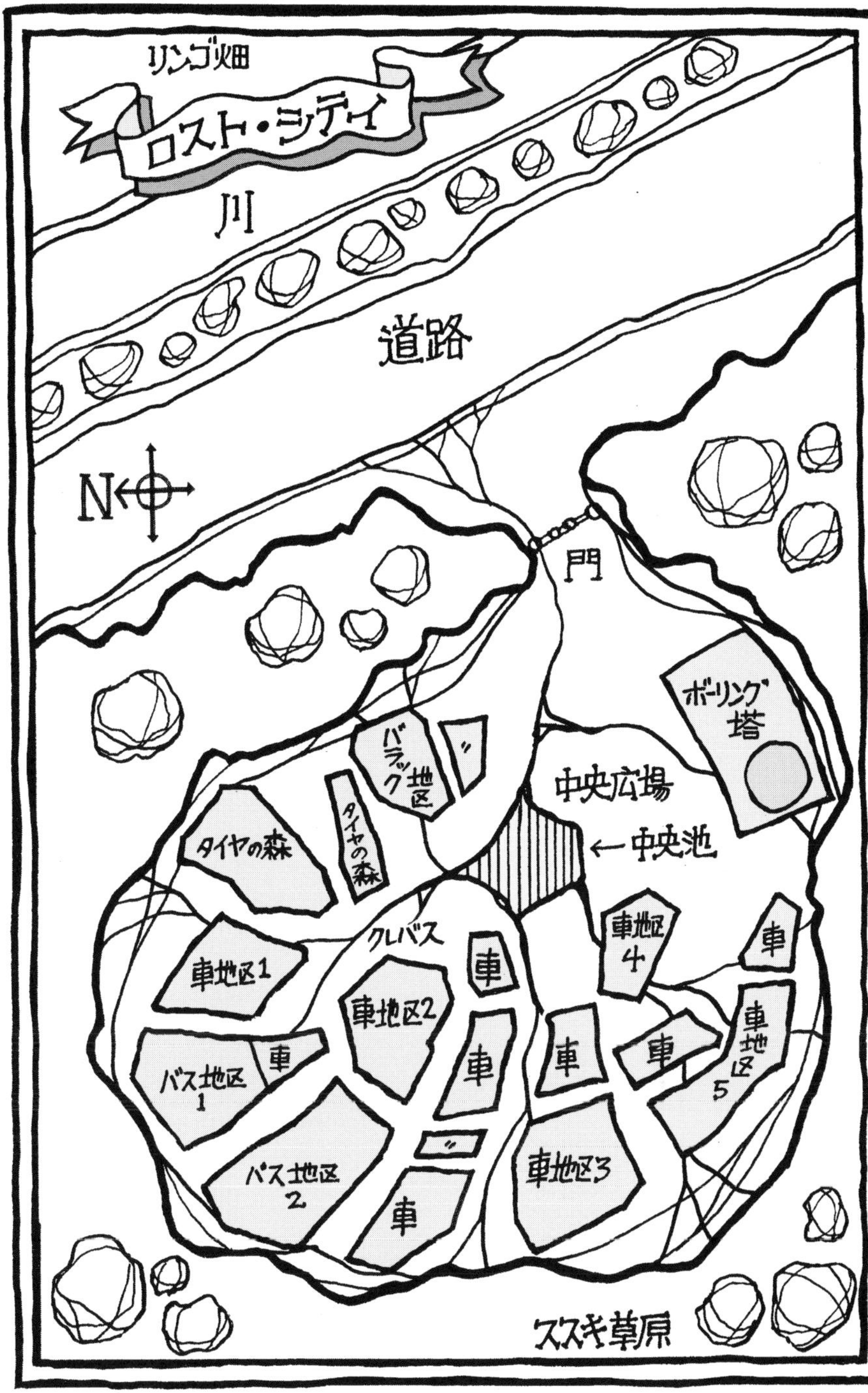
リンゴ畑
ロスト・シティ
川
道路
N
門
バラック地区
ボーリング塔
中央広場
タイヤの森
タイヤの森
←中央池
クレバス
車地区1
車
車地区4
車
車地区2
車
車
車
車
車地区5
バス地区1
バス地区2
車地区3
車
スズキ草原

たりまえ、ヤブ蚊に刺されまくるわ、アブやスズメバチの襲来にはあうわ、廃車に絡まっているウルシに触ってしまい僕とタカシが全身かぶれてしまうわ、などの散々な目にあった。このかぶれは顔の腫《は》れがひどく、二、三日お岩さんのような顔の状態が続いた（なぜかアキヒロは平気だった）。

〈中央池〉のほとりに廃材置き場から運んできたテーブルと椅子三脚を置き、僕らは完成した地図を囲んで秘密基地をどこにするか、プランを練った。

三人ともだいたい同じ考えだった。

「見張り場なんかは別に作るとして、基地はやっぱここだな」

「そこしかないよな、頑丈だし」

「中も広いし、雨風とかしのげるし」

「じゃ、ここに決定」

指さした先は、やはり〈バス地区〉。

003

JUNK JUNGLE KIDS
CHAPTER 003

アキヒロの家に着いた。僕は、自転車のスピードを落とさず、軒下の板壁にぶつけるみたいに勢いよく自転車を立て掛けた。アキヒロの家は平屋の二軒長屋が並んでいる集合住宅の一番はじの道路に面した側にあった。

僕ら三人はいったん各自の家に戻り、秘密基地作りに必要な道具をそろえてから〈ロストシティ〉に集まる手はずになっていた。けれど僕の家からの途中にアキヒロの家があるので、寄ってみたのだ。

北国の玄関は冬の寒さ対策のために二重ドアになっている。

その建てつけのちょっと悪い最初の引き戸を開け、勝手に玄関まで入り、「アキヒロ君、いますかー」と大声をあげた。

「おー、ケイタか、ちょっと待ってくれー」廊下の奥から声が聞こえた。

「おせーよ。早くしろよー」

「うるせー、もうちょっと待ってろよ」まだ荷造りしているようだ。

「あ、ケイタ君？　こんにちは」横の居間からアキヒロのお姉さんが挨拶に出てきた。

「あ、アユミさん、こんにちは。ゴメン、『マンガ家入門』（石森章太郎が一九六七年に出版した入門書で、マンガ家志望者たちのバイブル）まだ借りてていい？」僕は軽く会釈しながら頭をかいた。

「あーあれ？　いいよ、気にしなくて。まだ大丈夫だから」彼女が手を横に振った。

アキヒロの二歳年上で中学二年生のアユミさんは、ちょっと大人びていてきれいな人なのだが、実は僕とは共通の趣味を持っていて親しかった。その趣味とはマンガを描くことで、僕はアキヒロがいなくてもアユミさんに会いにちょくちょく来ていた。彼女のマンガは西谷祥子似の学園少女マンガ、僕はもっぱらＳＦマンガとジャンルは違っていたが、よく二人でお互いのマンガを見せ合ったり、共作をしたりしていたのだ。

「最近、二人ともよく出かけるネ。どこ行ってるの？」アユミさんが尋ねてきた。

「え？　あ、うん、ちょっとね……」僕が言いにくそうにしていると、ようやくアキヒロが大きなリュックサックを担いでバタバタ慌ただしく出てきた。

「男同士のことなんだから女にゃ関係ネーヨ」アキヒロが悪態をついて、僕らの会話をさえぎった。

「何よ、えらそーに」

「じゃ、行ってきまーす」

「あんまり遅くなんないようにね。あんたこの頃遅いんだから」

「わかってるよ、うっせーな」

アキヒロは早々と自転車の荷台に荷物をくくりつけ、出かけようとするので、僕もあわてて自転車に飛び乗った。

「じゃアユミさん、また」振り向くと、彼女が玄関まで出て、見送ってくれていた。

アキヒロの家はお母さんがいない。アユミさんが母親がわりになっていて、奴にとっては少々うっとうしいみたいだ。

「おい、わかってるだろうな。これって誰にもしゃべっちゃいけないんだからな」アキヒロが、追いつこうとしている僕に向かって、自転車を走らせながらクギをさした。

「ハイハイ、わかってますって」僕はぶっきらぼーに答えた。

そう、僕らは〈ロストシティ〉に秘密基地を作るにあたって『秘密基地三人組三つのオキテ』なるものを掲げ、お互いに誓い合ったのだ。

一、この場所は、三人だけの秘密にする事

二、すべて三人で物事を決める事

三、この場所で危険な行いはしない事

これは、このオキテを通して三人の団結を固めようとする意図もあった。

もともと僕らは、今ほど仲のいい間柄ではなかった。僕の性格は、おとなしく内気。メガネをかけてて、ひょろひょろの痩せっぽち。逆にタカシは体格がよく、スポーツ万能で腕っぷしの強いタイプ。明るく大らかだがケンカ早かった。去年の五年生から二人は同じクラスだったが、僕は奴の乱暴なふるまいをちょくちょく受けていた。

アキヒロはひょうきんでお調子者。小柄ですばしっこかった。人なつっこい性格で、そばかすだらけの顔でニカッと笑うと、とても愛嬌があった。今年の新学期に転校してきて、物まねや早口言葉の特技でたちまちクラスの人気者になったが、その中でもまずは僕と仲良くなり、その後すぐにタカシと友だちになった。三人ともわりと家が近かったせいで、登下校の時など一緒になることが多く、いたずら好きと冒険好きの趣味が合って次第に三人で遊ぶ機会が増えていった。そういうわけで今では、体型も性格もまったく違うこの三人の関係は絶妙なバランスで保たれている。

僕とアキヒロが〈ロストシティ〉に着いた時には、タカシはもう待っていた。

「お前ら、おせーよ」

「タカシが早すぎるんだよ」と僕。

「そうだよ、俺なんか荷物沢山でスンゲー重かったんだからな」とアキヒロ。

「へん、それなら俺だって」

僕らは競ってめいめい持参してきた道具を、〈中央広場〉の空き地にばらまいた。

・工具一式（トンカチ、ノコギリ、ペンチ、ニッパー、スパナ、レンチ、クギ、ナイフなど）

・掃除道具一式、スコップ、バケツ、ジュウノウ、デレキ

・巻き尺、定規、接着剤、マジックなどの文具類
・布、ビニール、ダンボール紙、新聞紙、ポリ袋、軍手
・ガムテープ、ビニールテープ、針金
・懐中電灯、ろうそく、箱マッチ
・キンカン、蚊取り線香（やぶ蚊やブヨがうようよ飛んでいるのでとても大事）
・汗疹《あせも》防止のための天花粉・シッカロール、粉石鹸、オロナイン軟膏

これだけ道具がそろっていれば、たいていの物は作れるはずだ。材料は〈バラック地区〉に捨ててある膨大な木材の切れ端が使える。さあ、「秘密基地」作り開始だ！

「秘密基地」。

どこで覚えたのか、あるいは本能的にわかるのか、僕ら少年たちは、誰もがみんな必ずこの「秘密基地」というものに憧れ、作り上げることに情熱を燃やしていた。

その種類は大まかに三つほどに区分できる。

その一、雑木林の木の上に作る「ツリーハウス」。これは「秘密基地」の王道であり、みんなの憧れの的《まと》だ。一本の大きな木の枝を利用して作ることもあるし、三、四本の集まった木の間を利用して作ることもある。しかしこの作業はそれなりの計画性と、まとまった人数、大工

作業に熟練した技術などが必要となるので、おいそれとはできないのが現実だ。

その二、原っぱや川の中州などの草むらを利用して作る方法。生い茂る草や木の枝、木材の切れはし、ダンボール箱などを利用し、組み合わせてテント状に空間を作るやり方で、これだと少人数でいきあたりばったりに作っても何とかなるもので、大抵はこの「秘密基地」が多い。ただ、雨が降れば基地の中はびしょ濡れになるし、強風が吹けば「三匹の小ブタ」の藁《わら》の家のようにいっぺんに吹き飛ばされてしまう恐れがある。

その三、土管や、資材置き場、廃屋、使われていない納屋のような大人が見放したものを利用して作る方法。これはそれなりに作りが頑丈なので、ちょっと手直しすればすぐに「秘密基地」が完成できる。ただこの方法は大人が頻繁に行き交う場所にあることが多いため、見つかってしまう危険性が高く、最悪、「秘密基地」もろとも取り壊される場合もある。

僕らが作ろうとしている〈ロストシティ〉の秘密基地はその中の三にあたる。ただ幸いこの場所は、大人に見つかる危険性は低い。たとえ〈門〉を開けて誰かが入ってきても、この奥まった〈バス地区〉までは足を踏み入れないだろう。「秘密基地」には打ってつけの場所なのだ。

崖の一番はじに位置するその〈バス地区〉には、何台かの潰れていないバスが横並びに置かれていたが、出入口から入れて中がちゃんと使えるのは、一番崖側の一台とそこに重なるようにくっついているもう一台だけだった。ただ、そのもう一台のバスは出入口が片方のバスに重

なっているため塞がっている。二台のバスはガラスを外せば窓ごしに行き来できるので、この二台を合わせて「秘密基地」にして、崖側のバスを〈指令室〉、谷側のバスを〈作戦室〉に分けるという計画だ。

まずはバスの中の大掃除だ。

鉄板のいたる所に丸い鋲《リベット》が打ちつけてある格納庫のように頑丈なバスだが、何年も放置されたままの内部は相当荒れ果てていて、ほこりや、カビや、蜘蛛の巣で覆われたひどい状態。所々に白いキノコが生え、得体の知れない虫の抜け殻がくっついていて、ものを退けるとゾウリムシの大群が散らばっていった。

まず、それらを念入りに取り払い、こまめにほうきやはたきでホコリを払っていく。バスの中全体にモウモウとけむりのようなほこりが舞い、全員が咳きこんだ。

次は拭き掃除。川の水をバケツに汲み、ぞうきんで座席シートや窓ガラス、そして鉄や真《しん》鍮《ちゅう》でできているバーや縁、枠などを丹念に拭いていく。するとサビついていた表面が眠りから覚めた純金の宝のようにキラキラと輝きだした。

その次、二つのバスが接している中央の窓ガラスを両方思いっきり割って、ていねいにはずし、座席に梯子《はしご》状の階段を作って、窓から〈作戦室〉にわたれる通路にした。

その反対側のうしろの窓は、ひびの入ったガラスから崖からの土砂が溢れてきそうになっている。そこを補強するために長めの板を横に張りつけ、固定してガラス面をふさいだ。

そこへアキヒロが〈バラック地区〉でセメント袋を発見したと言ってきた。

「まだ使えるかもよ」「よし、試してみよう」みんなで〈バラック地区〉へ行って調べてみる。放置されていた大量のセメント袋は、ほとんどの紙袋が腐ってやぶれ、セメントが石のように固まっていたが、中には二、三個やぶれていない袋も残っていた。紙袋の先端をハサミで切って開けてみると、チョコレートケーキのパウダーみたいな鼠《ねずみ》色の粉がフワッと舞いあがった。

「こねるジャリとか、砂とかがいるな」

「そんなもん、ないぞ」

「火山灰で、何とかなるんじゃないか？」そこで、捨ててあった空《から》の一斗缶に水とセメント、火山灰を入れて一緒にこねてみる。調合を工夫すると、なめらかでコシのある粘り具合になってきた。そのこねたセメントを、木片をヘラ代わりにして、補強した崖側の板壁にスポンジケーキのまわりに塗るクリームの要領でまんべんなくていねいに塗っていった。ひとしきり塗り終え、用意していた懐中電灯とロウソクをつけてみると、洞穴のように変貌した薄暗いバスの中は、ほのかに明かりが満ち、いかにも秘密基地らしく仕上がっていた。

「思ったよりカッコよくできたな」僕がほくそ笑んだ。

「『のら黒じいさん』の洞穴みたいだもんな」とタカシ。

水源地のそばにある『のら黒じいさん』の洞穴とは、昔防空壕だったらしく、そこを利用して元軍人だったらしい『のら黒じいさん』が世捨て人のようにひっそりと暮らしていた。僕らは面白がって彼の住居であるその洞窟を、彼がいないのを見計らって荒らしにいったものだ。どこからともなく『のら黒じいさん』が現れ、「こらー、このクソガキどもー」と血相を変えて追いかけられることもあって、結構スリル満点な遊びだった。

「あそこよりこっちのほうが立派さ」

「俺の部屋よりへたすりゃいいかも」

「お前の部屋、きたねーからなー」

「なーにいってんだ、お前の部屋よりましだい」確かに三人とも自分の部屋の散らかしようといったらひどいもんだ。

さらに作業を進める。鉄板の床のデコボコを整え、その上に剝がしておいたビリヤード台の緑のビロード布を絨毯のように敷きつめる。これで靴を脱いで上がれる。さらにその床に〈タイヤ森〉から持ってきたタイヤを三段ほど重ね、その上に板を置いてテーブルを作った。

ちょっとしたリビングルームのようになったバスの中を見わたし、各自汗だくになった顔を手ぬぐいで拭き、満足げに一息ついた。

タカシが天井に吊るしてある吊革にだらしなくぶら下がりながら、フロントガラスを眺めて言った。「これじゃー、外から丸見えだな」

「あの窓、でけーもんな」

「何とかしてふさいで、ここ、隠さないとな」

「入口だって、あのまんまじゃ、まずいぞ」バス前方の横にある二つ折りのドアが開きっぱなしになっているからだ。

「あのドア、閉じないかな？」動かしてみるが、わきについているアコーディオンのような鞴《ふいご》のバネが壊れているせいか、びくともしない。

「こまったな、これじゃ誰でも勝手に入ってこれちゃうな」

「うーん」

「そうだ、上のススキの中にあったバラック小屋にトタンの戸があったろ？　あれ使ってみようか」さっそくそのトタンを張った板戸を取りはずしにいって、バスの出入口に立て掛けてみる。高さはないが幅はちょうどいい。板戸の片方のはじをバスの折りたたんであるドアの隙間に針金でくくりつけた。開閉を試すとちゃんとドアとして機能をはたした。バスの手摺と戸の把手に自転車用のチェーンのカギをつなげば、ちゃんとカギもかけられる。

さらにフロントガラスの窓をふさぐために、運転席の後ろの天井にある鉄のバーにボロ布を巻きつけカーテン代わりにした。僕らが帰る時にこのカーテンを閉めておけば、万が一、誰かが来ても中をのぞかれる心配はないし、ドアにカギをかけておけば入られる心配もない。

「この中にいる時の、俺らだけの秘密の合図とかほしいよな」

「合言葉ってことか？」

「それも必要だけど、何か海賊の旗みたいなもの……」

「バーカ、それじゃ、ここに誰かいるってバレちまうだろ」

「そうだよな、なんかないかなー」

「そうだ！　いいもんがある」と僕が思いついた。〈ボーリング塔〉に何個か転がっていたミラーボールだ。一個を取りにいって二人に見せる。大きさはサッカーボールよりひとまわり小さい程度。表面はカガミのかけらが所々剝がれ落ちている。

「わ、何だこれ？　変なボール」タカシは初めて見たらしい。

「あ、俺これ知ってる。大人がお酒飲む店の天井でクルクル回ってるやつだ」とアキヒロ。

「ボールのまわりにちっちゃなカガミがたくさんついてるだろ、これにライトを当てるんだ」

「そしたら？」

「ちっちゃな光がピカピカ光りながら回って、それが店ん中に反射するんだ。きれいだぜ」

「ふーん？？」タカシはまだ何だかよくわかっていないみたいだ。

僕がその説明をさえぎった。「で、これをさ、バスの外のバックミラーのとこに吊るしておくんだ。こんなのがあっても、ここじゃ何も不自然じゃないだろ？　だから俺たちの誰か一人でも中にいる時は吊るしておいて、全員が帰る時はしまっておくのさ」

「んー、不自然ちゃ不自然だけど、ここ全部が不自然のかたまりみたいなもんだからな。まっいいか」タカシが僕の提案を受け入れた。

夕日が差しこみ始めた〈ロストシティ〉は、乱立した鉄の塔にオレンジ色の日の光が照りつけ、鈍くテカり、長い影を落とし、昼間とは違った風景に変わっていた。まるで鉄の皮膚をした生き物が、無数のヘッドライトの眼球で僕らをじっと睨んでいるようだ。

「——おい、そろそろ帰らないか」どうやらアキヒロも同じように感じたみたいだ。

三人で崖を駆けのぼりススキ野原から振り向くと、谷間の下では巨大生物たちが身を寄せ合って眠りにつこうとしているように見えた。

004

Junk Jungle Kids
Chapter 004

心地好い風が吹いて、夏草のむせ返るような青々とした香り、赤土の乾いた砂埃の匂い、サビついた鉄の匂い、枯草のすえた匂い、そして遠い町のビート工場からのかすかに甘い綿菓子のような匂いを一緒に運んできた。

僕は仰向けになり風のダンスに身をまかせていた。風はまるでこの谷間に住みついている生き物のように自在に飛び回り、じゃれながら僕の頬にそよいでくる。

ここは〈ロストシティ〉の中心部に位置する〈自動車地区、第三区〉にある〈見張り台〉。スクラップ塔のてっぺんの車だ。この展望台のような運転席から三六〇度ぐるりとまわりを見わたせる〈ロストシティ〉の光景はまさに朽ち果てた未来都市の一大パノラマだ。

〈秘密基地〉をおおよそ作り終えた僕らは、次に〈ロストシティ〉全体の様子を把握できるようにするため、〈見張り台〉の設置に取りかかった。最も適していた場所が〈自動車地区〉だ。そこに建ち並んでいる車の塔は、巨大なサンドイッチのように車同士が積み重なってできている。その中で〈自動車地区、第三区〉のサンドイッチが一番バカ高い。四、五段積み重なり、ゆうに家の二階の高さくらいになっているこの塔は一見危険のようだが、車同士が肩車のように背中の上にていねいに乗っかっており、まわりにも同じように積まれた車がお互いに支え合って大きな塊になっている。ちょっとやそっと揺れたって崩れたりする心配はない。

その複雑に入り組んで絡み合った鉄の寄せ集めの隙間に、すり抜けられる通路を見つけ、廃材で作ったハシゴを立ててのぼり降りができるようにした〈見張り台〉がこの頂上の運転席だ。押しつぶされペシャンコになっている下の車たちと違い、ボディフレームが残って車内に入れるこの最上階の車の運転席。元はセドリックという高級乗用車だったらしく（車種名に詳しいアキヒロが教えてくれた）、じゅうぶんな広さがあり、革の立派な座席シートもよごれてはいるがしっかり残っている。座り心地はバツグンだ。

とはいえ、ドアや窓ガラス、ワイパーなどはすでになく、ギアはねじ曲がり、ハンドルなどももぎ取られていて、もはや車としての面影はない。サビついた計器盤のメーター部分やカーラジオの表面は剝がれ落ち、内部が飛び出ていて、さまざまな色のコード線の束や、チューブやパイプなどが、血管のようにもつれ合い絡み合ってそこら中に垂れ下がっている。フロント部分もナンバープレートやボンネットがはずされ、エンジンルームの中も所狭しとひしめき合っているエンジンやラジエーター、バッテリーなどの機械がむき出しになって見えている。車というよりはサビ色に包まれた鉄と機械の塊だ。

まるで気狂い科学者が途中でやめてしまった造りかけのロボットのようだ。

いや、もしかして、ロボットはすでに極秘のうちに完成されているのかもしれない。

この〈見張り台〉全部が巨大なロボットの仮の姿だ。頭の部分がこのコックピット。目の前

にあるゴチャゴチャした計器類は万能ロボットの操縦のための精密な装置だ。折れ曲がったギアを倒せば、稲妻のような電流が下からてっぺんに突きあがり、ブルルと身震いをはじめ、サビついた鉄板が剥がれ落ち、真新しい鋼鉄の表面が現れてくる。アクセルペダルを踏めば、ウネウネっと手足が飛び出し、ムクッと起き上がり、動きだし、全てを踏みつけて歩き出す。ラジオのスイッチボタンを押せばミサイルが発射され、その気になればジェット噴射で空も飛べる高性能の巨大ロボット。こんなものを操縦できるのは世界広しといえど、この僕しかいない。

でも、シガレットライターのスイッチだけは触れてはいけない。敵に捕まった時に最後の手段で使う自爆装置だ！　——なんてね。そんな空想がどんどんわいて、膨らんでいく。

そう、僕ら三人は〈ロストシティ〉を守るため、秘密基地に立てこもって見張っている有能な秘密諜報部員＝スパイであり、探偵団だ。敵が襲ってくるのを、息をひそめてじっと待ち続けている。

そうだ、敵だ。敵って誰だ？

「ん？　何だ？」ふいに目の中に光が飛びこんで、眩《まぶ》しさに思わず手をかざした。光の出どころは〈秘密基地〉からだ。タカシがカガミを使っていたずらしてきたのだ（なぜか、奴はいつもカガミとナイフを持参している）。

「おーい、こら、ちゃんと番してろよ！」

「何だよ、ちゃんと見張ってるだろー」

「寝てたんじゃねーだろうなー」

「寝てるわけなんかないだろ、バーカ」

「誰か怪しい奴来てないかー？　どーぞ！」タカシが今度は手カガミをトランシーバーに見立てさらに声を張り上げる。

「こちら見張り台、怪しい者、来てませーん、どーぞ！」僕もすかさず反応。

「ラジャー！」

今は誰も来てはいないが、たまに門のカンヌキを開けて車が入ってくることがある。車から背広を着た大人たちが何人か出てきて、あたりの様子をうかがっているのだ。確かに怪しい。人気《ひとけ》のないこんな所で何をしているのだろう。何かヤバイことでも企てているギャングのような者か？

見張っていなければならない。

それとも一つ警戒が必要なものがある。夕方に必ず東の空から飛んでくるヘリコプターだ。ここを探っているのだろうか？　あれも確かに怪しい。僕らの敵はいつなんどき何処から襲ってくるかもわからない。用心にこしたことはないのだ。

「アキヒロはどーした？」僕は聞き返した。

「おーい、俺ならここに、い、る、ぜー！」崖の上から大声がして〈ロストシティ〉一帯にこだました。

ああ、〈見張り台、第二〉にいるのか。バームクーヘンのような赤褐色の地層が連なる崖の上に、双眼鏡をぶら下げたアキヒロが手を振っていた。

そう、敵は何も門だけからやってくるとは限らない。一番可能性があるのは崖の上のススキ野原の向こうからだ。馬に乗ったインディアンが騎兵隊を襲うパターンと同じだ。いったん敵がなだれこんできたら、いくら有能な僕らだってひとたまりもない。監視する必要がある。そこで崖の上にあるブナの木の根元の草を踏みつぶし椅子を置いて、第二の見張り台を作ったのだ。いざという時、木にのぼってススキの草原の向こう側をつぶさに見わたせる。

アキヒロが担当だ。

「どーだー、そっちは異常ないかー、応答、どーぞ！」

「こっちも異常なーし！　どーぞ！」

交信といっても、ただ大声で怒鳴り合っているだけなので、あたり一面に全部響きわたっている。秘密もへったくれもあったもんじゃない。

「あ！」アキヒロが叫んで、川の向こうの上空を指差した。「また今日も飛んできたぜ」

いつも同じ時刻に飛んでくる謎のヘリコプターだ。

　バラバラバラと威勢のいいプロペラの回転音が聞こえ、谷間の鉄の塔に反響しはじめた。銀色のヘリコプターの横腹にはカラフルな色のラインが何本か入っていて、その下には何か文字が書いてある。でもここからだと読み取れない。日の丸のマークがどこにもついていないから自衛隊のものではなさそうだ。操縦席のガラスが太陽に当たってキラキラ光っているが、二人乗っているのがうっすらシルエットで見える。

　アキヒロも僕も身をかがめて、そいつが通りすぎるのをやりすごした。ちょうど〈ロストシティ〉の真上を通過するのがいつものコースだ。何故だかまるで、ここをのぞきこむように低空飛行し、急接近してくる。

　でも見つかりっこない。ここは屋根つきの秘密の見張り台。こんな場所に身を隠して見張っている者がいるなんて、誰にもわかりっこないはずだ。

　しばらく低空飛行したあとに再び高度を上げたヘリコプターは、何ごともなかったように飛び去っていった。その姿を目で追っていると、アキヒロが大声を出した。

「ミサイルがあれば、あれ目掛けてぶっ放すんだけどなー」

「バーカ、こういう前線基地はバズーカ砲が一番だって」僕は負けずに答えた。

「俺ならライフル銃で操縦している奴を撃ち落としてみせるぜ」基地にいたタカシがいつの間にかこちらに来ていて、叫んだ。「ドッギューン」

僕らはいつだって探偵から兵士にアッという間に転職することができる。

「ドドドドド」僕とアキヒロもすかさず応戦。

「ガガガガガ」

「ドッカーン」

三人のすっとんきょうな奇声が、夏の午後の日射しが少し和らいだ〈ロストシティ〉の谷間にこだましていた。

005

JUNK JUNGLE KIDS
CHAPTER 005

「知ってるか？　モールス信号でＳＯＳはツ・ツ・ツ・ツー・ツー・ツー・ツ・ツ・ツってやるんだってさ」アキヒロが唐突に話し出した。

〈ロストシティ〉へ向かうことが日課となった僕らは、途中いつもこのようなたわいのない話で盛りあがる。

「おーおー、またアキヒロの知ったかぶりが始まったぞ」僕がちゃかす。

「知ったかぶりじゃネーヨ。昨日テレビでちゃんとやってたんだからな」

「なんのテレビだよ」

「えーと、なんだっけ。あれ？　忘れちまった」

「何だか嘘っぽいなー」

アキヒロは時々いい加減なことを言うクセがある。以前「アントニオ猪木」の名前は「ジャイアント（ババ）に追い抜き」たいから付けたのだという話を真に受けて、大恥をかいた。

「そういえば、昨日の『マイティジャック』みたか？　やっぱ円谷《つぶらや》プロの特撮はカッコいいよなぁ」タカシが話題を変えた。

「そうかぁ？　俺は『ジョー90』だな。やっぱ『サンダーバード』のチームの特撮のほうがカッコいいって」

「俺は『ゲバゲバ90分』かな」アキヒロが少々的はずれな話題で会話に加わってきた。

「バーカ、そうゆうんじゃなくて、ＳＦもので何かないのかョ」

「あっ、そーか。じゃーそれなら『光速エスパー』かな」

「あんなブカブカした長靴はいた奴のどこがいいんだよ」

「いいじゃねーかよ、あのツルツルした服がいいんだからよ」

テレビの話だと話題がつきない。

国道のガードレールをまたぎ、自転車をススキ原野の横のオンコの雑木林の中に隠し、いつものコースでススキの中を進む。草原に群がる背の高いススキも、何度も同じ所を踏みつけて歩いているので幹がなぎ倒され、一本の道が自然にできあがっていた。僕らが作ったケモノ道のようなもんだ。

崖にたどりつき、なだらかな山道を行列を組んで降りていく。崖づたいに僕らは赤土を削りジグザグ状の山道をつくったのだ。人ひとりが通れる小さな道だが、それでも崖ののぼり降りが格段に楽になった。

谷の底に降り立ち、秘密基地の〈指令室〉にミラーボールがまだ吊り下がっているのに気がついた。

「そういや、昨日しまうの忘れてたな」

「ホントだ。いけねー、いけねー」

近くに寄って今度はバスのフロントガラスの奥のカーテンが開いているのにも気づく。

「あれ？　カーテンも開けっ放しだったっけ？」

「いや、確かカーテン、タカシ、閉めてたよな？」

「ああ、ちゃーんと閉めた、――はずだけどなぁ」タカシが首をかしげた。

「え？　じゃ、なんで？」

ちょっとした異変に三人は顔を見合わせ眉をひそめた。ドアには確かにチェーンのカギがかかっている。でも何か変だ。あたりをうかがう。特に変わった様子はない。フロントガラス越しに中をのぞこうとするが奥までは見えない。そこで用心深くカギを外し、ゆっくりとドアを開ける。ギギギーと鈍い音が静寂の谷間に響く。中に入ると薄暗い。目を凝らすと奥の座席シートの上に何かいるのが見えた。心臓がドキンと波打つ。誰かが倒れている。人間だ。いや、倒れているのではない、寝袋に入った人が寝ているのだ。誰だ一体？　防空壕の洞窟にいる『のら黒じいさん』か？　いや、あのじいさんがこんな遠くまで来るはずがない。じゃ知らない人か？　どうやってこの中に入ったんだ？　頭の中がぐるぐる回った。三人は無言だった。二人のどちらかが生ツバを飲みこむのが聞こえた。

ゆっくりともう少しそばに、にじり寄る。突然、寝袋の男が動きだした。驚いて三人はあとずさりする。「うーん」と唸りながら、寝袋の間から手が伸びる。起き出したのだ。僕らはどうしていいのかわからず立ちすくむ。寝袋男が上半身を起こしたところで目と目が合った。僕らに気づいたのだ。毛むくじゃらの男だ。

「やー、おはよう」男は驚いた様子もなく、眠たそうに挨拶した。

「お、おはようございます」僕らは恐る恐る返事をした。

「今、何時かな？」

「もうちょっとでお昼です」タカシが答えた。

「あれま、もうそんなになったのか。よく寝たなー」と言って悠長に大きなアクビをし始めた。

僕らは少々イライラしてきた。

「あのー、おじさん誰なんですか？」

「あー僕？　僕はマイク」

「マイク？」

「ああ、僕のあだ名だよ。マイクって呼んでいいよ。だからおじさんじゃないよ。

――それより君たちは？」

「僕はタカシ、こいつはケイタ、こいつはアキヒロ。ここは僕らが作ったんです」タカシが答えた。もう恐怖心は消えたようだ。

「あ、そうなんだ。君たちすごいな。君たちだけでこの中作ったのかい？」

「そうです。三人だけの秘密の隠れ家なんです」

「そうか、それはたいしたもんだね。こんな廃車置き場で立派な隠れ家よく作ったねー。居心地がいいから一晩おじゃまさせてもらったよ」マイクという人は感心しながら言った。

「あのー」今度は僕。「ここにどーやって入ってこれたんですか？」

「ここにかい？　このバスはドアにカギがかかっていたから、向こうのバスの非常ドアから入ったよ」

「え？　非常ドア？」三人が聞き返した。

「あれ、知らなかったの？　隣のバスの反対側に非常口があって、外から開いたんだよ。サビついてて大変だったけどね」

窓越しに〈作戦室〉をのぞいてみると、確かに向こう側の面にドアがあり、そこが開いていて風に揺れてパタパタしていた。ちっとも知らなかった。こんな入り方もできたんだ。

「どうして、ここで寝てたんですか？」

「どっから来たんですか？」僕らは堰《せき》を切ったように矢継ぎばやに尋ね始めた。彼が何者か早く知りたかったのだ。

「ちょっと、ちょっと、そんなにいっぺんに質問されても困るよ。とりあえず外へ出させてくれないかな」と言って、彼は寝袋から這いだし、外へ出て太陽を見上げた。

「やあ、今日もいい天気だな」

それから彼は、〈中央広場〉に向かい、〈中央池〉の前でしゃがんだ。見てる間もなくその池の水で顔を洗い、手ですくってうがいをし始めた。金魚のフンのようにあとにくっついていた僕らはあわてた。

「あの、その水、汚いですよ」ここでよくオシッコをしたりしていたからだ。

「ああ、わかってるって。飲みゃしないよ。ブクブク。——さてと」水をペッと吐き出した彼は池のわきの三つ並んだ椅子の一つに腰かけ、シャツのポケットからタバコを取り出し吸い始めた。僕ら三人はモジモジとそのそばに立ちつくしていた。かたわらにユキノシタの群生が、遅咲きの白い花を咲かせている。カタカナの「ハ」の字に似ていて、「ハ、ハ、ハ」と笑っているみたいだ。

「ああ、君たちも座んなよ」彼が気づいて、あとの椅子を指差す。二つしかない椅子を椅子取りゲームのように三人で取り合っていると、彼は話し始めた。

「ここが、何だか知ってる?」

「スクラップ場、かな?」アキヒロが答えた。

「うん、スクラップになってる車も多いけどね。このような所は、不法投棄場と言ってね」

「フホウトウキジョウ?」

「そう、無断でゴミを捨てる場所ってこと」

「ああ、それなら、ここらにたくさんあるな」とタカシ。

「でも、ここが一番大きいかな」と僕。

「産業廃棄物なんて言葉も最近よく聞かれるようになったけどね。今や、車とか電化製品とか大きいゴミは勝手に捨てちゃだめになったんだ。お金を払って処分してもらわなきゃならない。ちゃんとした所でね。でも高いお金払いたくないでしょ？　ゴミなんだから。そこで、安く粗大ゴミを処分しますよっていう解体屋――クズ鉄屋っていったほうがわかりやすいかな――がいて、そういうゴミをまとめて回収するんだ」

「クズ鉄屋さんなら俺らも知ってるな。よく銅線売りに行ったりするもんな」僕らはたまに新しい電柱の下に落ちている銅線をかき集めてクズ鉄屋に持っていき、お駄賃をもらったりしていた。ちょっとした小遣い稼ぎになったものだ。

「そう、そういう所に近いね。で、そういう解体屋の中には、集めたゴミをちゃんと処分しないでこっそりこういう所に捨てにくる悪い解体屋たちが結構いるってワケ。わかった？」

「わかりましたけど、おじさんはそういう人なの？」

「おじさんじゃないってば、マイクさん」

「マイクさん」

「そう、そう、で、僕はカニ族」

「カニ族?」タカシはきょとんとした。

「あ、カニ族か」僕は何となく見当がついた。

「カニ族って、ルンペンやフーテンのような人のこと?」アキヒロがぶしつけに尋ねた。

「はは、ルンペンとは随分違うな。まー、フーテンにはちょっと似てるかもしれないけどね。でっかいリュックサック背負って、ヒッチハイクしながら日本中を旅している人のこと。

で、昨晩もいつものようにヒッチハイクしていたら、そういう解体屋のトラックが止まって、今からアルバイトしないかっていうのね。お金ないから、これはラッキーな話でOKしたら、ここに連れてこられてね、で、ここに一台クレーン車が隠してあって、トラックに積んであった廃車を降ろすんだ。ほら、あそこに何台も積んであるだろ?」指さした先には、できたてホヤホヤの廃車の巨大サンドイッチがそそり立っていた。

僕らはお互い顔を見合わせて、小さくうなずいた。やはり思ったとおりあのクレーン車は立派に動くんだ。

「いけないことをこそっとやってるわけだろ。だから夜中にしかできないんだよね、それで、僕らみたいなカニ族つかまえてアルバイトさせながら作業しているんだよ」

「こそっとっていったって、あんな重いもの降ろしたりしたら結構音うるさいでしょ?」

「うるさいってもんじゃない、ガッシャーン、ドッカーンさ。でも、ここら辺って住んでる人いないでしょ？　まわりに」

僕らはあたりを見わたした。確かにここ一帯は僕らの町がすっぽり入るくらい誰も住んではいない。どんなバカでかい音を出してもどこからも苦情はこないだろう。

「そういう人里離れた所、ちゃんと選んで捨てるんだよ。ああいう人たちはね。で、僕はお金は欲しいけど、あんまりそういう不法なものには関わりたくない。作業が終わった段階ですぐに、でめんちん料《アルバイトりょう》もらって、さっさとサヨナラしたのさ」

「ふーん」

「えらいんですね」

「えらかないよ、すでにいけない仕事を手伝ってたんだからね。――それで、作業が終わった頃にはもう明け方でね。あそこの道路でまたヒッチハイクするには時間が早すぎる。車が全然きそうにないし、早過ぎるとかえって警戒されるんだ。そこで、解体屋が帰ったのを見計らって、この車の墓場――」

「ここ、〈ロストシティ〉って言うんです」アキヒロが話の腰を折った。

「そうか、ここをロストシティって呼んでるのか、いいネーミングだね。

――それで、ここに戻って野宿することにしたんだ。いつもやってるようにね。で、ちょうどいい寝場所がないか探してると、向こうに朝日に照らされて何かキラキラ光るものが見えてね、何だろうと思ってそこへ行ってみると、あのバスの前にミラーボールが吊るしてあって、それで中に入らせてもらったってワケ」

「あ！」三人はまた顔を見合わせた。

そう、ミラーボールをしまい忘れたために、彼に秘密基地を見つけられてしまったということだったのだ。そういう事情を説明すると、彼は大笑いを始めた。

「ハハハ、何だ、君たちはそこまで考えて、わざわざ吊るしてあったのか、面白いねぇ。なるほど、ここがロストシティで、あのバスが君たち三人の秘密基地ってワケだね。バスも久しぶりに新しい乗客が乗ってくれて喜んでるかもね」

「だいぶ改造しちゃったけどね。

——ね、マイクさん、僕らが作ったこの〈ロストシティ〉の地図、見せてあげよーか？」いきなりアキヒロが言い出した。人とすぐ親しくなる才能は天才的だ。

「な、いいだろ？」と僕とタカシに同意を求めながら、秘密基地のほうに走り出した。

あわてて二人もあとを追った。

追いつきながら、「いいけどー、大丈夫かな？　あんなワケわかんない奴に地図なんか見せて。敵じゃないかな？」とタカシが言い寄ってきた。まだ、少し警戒している。

「そんなに悪い人には見えないけどな」僕が答えた。

「きっといい人だよ、やさしそうだもん」とアキヒロ。

マイクと名乗った青年はいかにもカニ族らしく、髪が長く毛むくじゃらで、日焼けした黒い肌の一見怖そうな風貌だったが、よく見ると温和で、歳も若そうだった（後《のち》に聞いたら二十歳《はたち》そこそこだった。マイクというアダ名はモンキーズのメンバーのマイク・ネスミスという人に似ていたから付いたらしい）。夏だというのに毛糸の帽子をかぶり、汚れているが丈夫そうなチェックの服を着て、ごつい登山靴のような靴を履いている。

「けど、ここは三人の秘密なんだぜ」とさらにタカシ。

「だって、もうすっかりバレてるって」

「そうだよな、ああいう味方になってくれそうな大人がいたほうが安心かもな」

「まーそうだけどな」あっさりタカシが折れ、意見がまとまった。

僕らは地図を持って〈中央広場〉に戻り、マイクさんに仲間に入ってくれるよう、地図を見せながら、秘密基地を作るまでの話を聞いてもらった。マイクさんは感慨深そうにその話に耳を傾けた。

「なるほど、その『三人の三つのオキテ』というのはとても大切だね。

そうか、じゃ僕はさしずめオブザーバーってところかな」

「オブザーバーって？」

「見守る人ってことだよ。

よし、じゃー、喜んで仲間に入れさせてもらうよ。ありがとね」マイクさんは微笑んだ。

僕らもほっとして笑った。

「そうだな、仲間に入れてくれたお礼に、あの秘密基地の〈指令室〉がもっと快適になるように、あるプレゼントをしてあげよう」

「え？　何、何？」

「今はまだ内緒。ちゃんとできるかどうかもわかんないしね。それとそーだな、一つお願いがあるんだけどな。腹減っちゃっててさ。このあたりじゃ食べ物屋とかないだろ？　君たちの家に何か余りものがあったら、少し分けてくれないかな？」

「ラジャー、お安いご用さ」

「じゃ何か持ってくるね」

「あ、だれか一人手伝いで残ってくれる？」

「じゃ、僕残ります」と僕。このつかみどころのない青年が何をやるのか興味があったのだ。

あとの二人は、そそり立つ崖をカモシカのように一気に駆けのぼっていった。

006

JUNK JUNGLE KIDS
CHAPTER 006

マイクさんは寝袋をしまいにバスの中に戻り、再びバスから出て目の前に立ちはだかる崖を見上げた。

「この土は結構もろいな。ここに秘密基地を作って危なくないかい？」

「平気です。何かあったら飛び出すから」

「そうかい、気をつけたほうがいいね。

さてと、えーと君は何て名前だったっけ？」

「ケイタです」

「そう、じゃケイタ君、ちょっと危険を伴《ともな》うから僕のやることをよく見ててね」そう言って彼は〈ロストシティ〉のあっちこっちをまわって何かを探し始めた。

「これくらいの規模だったら、きっとどっかにあるはずなんだけどなー」とつぶやきながら酸化して赤サビだらけになっている鉄屑の山をあさり、根気よく何かの装置を見つけては動かそうとしている。

「あ、これは使えるかも」と、わりと新しい装置を見つけ、しげしげと品定めをして、何やら操作していると一瞬、ガガガと音が鳴りだした。が、すぐに音は止まった。

「うーん、やっぱ燃料切れか。でもこれはなんとか動きそうだな」と言いながら、その機械を軽くポンポンと叩いた。

「何ですか？　それ」僕が尋ねた。

「これはジェネレーターといってね、発電機の一種。どんな機械でも電気につなげて動くだろう？　家の中ならコンセントにコードを差せばすむけど、外にはコンセントがない。だからこういうモーターを動かして電気を作る装置が必要ってワケ。ＯＫ？　さーて、今度は燃料探しだ」と言ってマイクさんは〈自動車地区〉へ行き、廃車のサビて固くなっているキャップを強引に開け、タンクの中をのぞいた。

「どっかにホースかポンプとか、ないかな？」

「ホースだったら〈バラック地区〉で見たかも。取ってきます」

彼は持ってきたホースの片方を車のタンクに押しこみ、もう片方を口にくわえ思いきり吸うと、ホースの口からこげ茶色のよごれた液体がいきおいよく吹き出してきた。タンクの底にたまっていたガソリンだ。それを素早くバケツに注ぐ。むせ返るような悪臭がまわりに広がった。

「さすがに汚れているなー。本来、破棄する車はガソリンを抜いたり、ナンバープレートをはずしたりしなきゃいけないんだけどね、実際ちゃんとやってない車も多いんだよな。で、ケイタ君、こんな風にタンクにガソリンが残ってないか、ほかの車も調べてほしいんだ。安全な所だけでいいからね」

「ＯＫ、わかりました」

このような作業を続けて、たっぷりバケツ一杯分のガソリンが溜まった。それをセメントをこねた時に使った一斗缶に布でこしながら移し、下に分離した水を丹念に取り除いた。その作業を何度か繰り返しているうちに、沈澱《ちんでん》していたゴミやサビ、アクなどの不純物が取り除かれ、ガソリンは比較的きれいな状態に戻ってきた。

その一斗缶を秘密基地〈指令室〉まで持っていき、ジョウゴを使って発電機の燃料穴の中に注ぎこむ。満タンになったタンクのフタを閉め、ヒモのようなものを何度か引っ張ると、機械はギュイイイーンと元気のいい音を出して小刻みに揺れだした。

「さあ、モーターが動いた。さて、次はーと」彼は〈指令室〉のバスの天井に目を向けた。

「だいたい工具はそろってるから……」

天井の照明のカバーを外し、中の蛍光灯を振って耳にあて、点検し始めた。そして二台のバスの中の切れていない蛍光灯を選びだし、〈指令室〉に全て取りつけ直した。次にそれぞれの照明器具の付け根の奥から配線コードを強引に引っ張りだして切断し、中の二つの銅線をむき出しにして、お互いをつなぎ合わせ、その上にビニールテープを巻きつけ、保護していった。

「今までの回路じゃ、どっかで断線してて使えないからね」と言いながら、彼は手術をする医者のようなみごとな手さばきで作業を続け、最後のコードの先にプラグを作って発電機のコンセントの穴に差しこんだ。発電機のエンジンをかけ、スイッチを入れると、天井の蛍光灯が深

い眠りから醒め、眠そうにパチパチ瞬きながら点灯し始めた。

「うわー、すごい、すごい、ついた、ついた。マイクさん科学者みたい」僕は、はしゃいだ。

秘密基地〈指令室〉の内部は昼間のように明るくなったのだ。

「自動車修理工場で働いていたからね。これぐらいワケないんだ」

そこへ、アキヒロとタカシがほとんど同時に戻ってきて、歓声をあげた。

「うわ、すげー、電気がついてらー！」

「このバス、こわれてなかったのー？」

「いや、もちろんこわれてるよ」とマイクさん。

「この明かりをつけるためジェネレーターを持ってきたんだ」自慢げに僕が答えた。

「あ、そうか、発電機がどっかにあったんだ。でもよく動きましたね」家の畑仕事の手伝いをしている農家のタカシは、モーター式の農具もあつかっているので、発電機のたぐいはよく知っているらしい。一度広い敷地の畑で耕運機やトラクターを乗り回しているタカシを見て感心したことがある。

「動かすようにしたんだよ」さらに僕が自惚《うぬぼ》れる。

「ケイタがやったんじゃねーだろ。いばんなよ」アキヒロがからかう。

「何だよ、悪いか」と二人で小突き合い、じゃれ合った。

「でも、すげーや。明かりがつくなんて夢にも思わなかったぜ」タカシも小突き合いに参加しながら言った。元々洞窟のように薄暗かった秘密基地〈指令室〉だったので、ことのほか嬉しかったのだ。

「どうやら操作の仕方は君が知っているみたいだね」とマイクさんがタカシに向かって言った。このような装置が扱える子供だとわかったのだろう。タカシがうなずいた。

「僕も見ててわかりました」僕も話に割りこんだ。

「これからは君たちが使っていいんだけど、慎重に扱うんだよ。相当強引なやり方で動かしているからね。だからガソリンがなくなったら、この機械はおしまい。間違ってもまた同じことして新しく入れようとか、あのクレーン車から新品のガソリンを取り出そうと思わないでね」マイクさんが念をおした。

「何でだめなんだ?」タカシがアキヒロに向かって小声で訊いた。

「バーカ。そんなことしたらここに誰かいるって、いっぺんにバレちまうだろ」アキヒロがさらに小声で答えた。「あっ、そっか」タカシが自分の後頭部を小突いた。

「それとね、もうひとつ君たちに覚えておいてほしいことがあるんだ」マイクさんの顔があらたまった。

彼は座席シートに腰を下ろして、少し間をあけて話し始めた。

「君たちが、この〈ロストシティ〉を見つけて、秘密基地を作ろうとした気持ちはよくわかる。僕も君たちぐらいの頃に木の上に基地作りして遊んだりしたからね。

でもね、ここは特殊な所なんだよ。不法投棄場ってこともそうなんだけど、ここは、言ってみれば車の墓場だろ？　君たち、人間の墓地の中で秘密基地は作らないよね。どうしてだい？」

「何となく怖いから。呪いとか」

「墓地をいじくるのは、死んだ人とかに悪いから」

「うん、そうだね。そういう気持ちを畏怖の念と言うんだよ」

「イフノネン？」

「そう、恐れ、うやまうってこと。畏敬の念とも言うね。でね、ここだって同じなんだってこともわかってほしいんだ」

「えー？　だって車なんかには霊とか、ないでしょ？」

「うん、確かに機械や車は『物』だからね。——でも、とっても難しい考え方なんで、君たちがこれから大人になって、いろいろ経験を積んでから判断すればいいんだけど、僕は人間以外のもの——機械や車や動物やほかのいろんなものにも、何かが宿る、ってこともあるかもしれないと思うんだよね。例えば『呪われた車』なんて話、聞いたことあるだろ？」

僕は急に背筋がゾクッとなるのを感じた。ほかの二人も顔つきが変わった。

「別に怖がらせてるつもりはないんだけどね」マイクさんは微笑んだ。

「ここにある車とかは、何らかの理由でここに運ばれてきたわけだろ？　最初はピカピカの新品だった車も、事故とか災害などでメチャクチャひどい目にあったり、大切に大切に扱われてたくさん道路を走って、古くなって動かなくなったりしてここへ運ばれてきた。全部の車がそれぞれいろんな事情があってやってきた。それらの一つ一つの鉄の塊の中に、使ってた人たちの楽しい思い出や、逆にとっても辛く悲しく恐ろしい目にあったりした沢山の記憶が刻まれていると思うんだ。今はそれを抱えながら静かに眠っているけどね」

「いつか、起き出すの？」

「起き出すかもよ」

「えー？」

「ハハハ、起き出して動き出したらすごいけどね。

まーそれはないとして、――ここにあるものたちは静かに休みながら、ここに来るものたちを見つめているんだ。鳥だろうが、虫だろうが、人間だろうがね。

だからここで、あまり彼らを怒らすような身勝手な行いはしないように気をつけたほうがいいよってこと。畏怖の念というもの、それから、鎮魂というもの、をここにも持つべきじゃないかな、と僕は思うんだ」

「チン……コン？」

「ははは、これも難しい言葉だね。まあ、似たような意味さ」

「ふーん」何だかきつねにつままれた気分だった。

「ま、今すぐ、理解しなくてもいいよ。心の片隅に置いてくれればね。――それに、ひょっとしたら、君たちがここを発見したんじゃなくて、〈ロストシティ〉自体が君たちを呼び寄せたのかもしれないしね」

「えー？　まさかー」

「ハハハ、ちょっと脅かしすぎかな？　――で、お腹がすいてきたんだけどな」

「あ、忘れてた。どっさり持ってきたよ」

二人はテーブルの上にお互いの持ち寄った食べ物をばらまいた。脈絡のないメニューだった。
・コッペパン、メロンパン、揚げパン、食パン
・自家製いちごジャム
・南部せんべい、かっぱえびせん、ばくだん
・リンゴ三個、なし四個、夏みかん一個、茹でたトウキビ《トウモロコシ》
・マーブルチョコレート、チューブに入ったチョコレート

・ドロップ、ポッキー、ビスコ、渡辺ジュースの素、金平糖
・くじらの大和煮の缶詰め
・肝油《かんゆ》、仁丹
・三角パックの牛乳、ビンのコーヒー牛乳
・なぜか正露丸《せいろがん》
「なんか、メチャクチャな組み合わせだなー」と僕。

「しょうがないじゃん、内緒で持ってきたんだから」アキヒロが言い訳した。

「いやいや、これだけあればじゅうぶん！　ありがたいよ」マイクさんが感謝した。「食べていいかな」

「どうぞ、どうぞ。俺たちも食べていい？」

「もちろん。一緒に食べよう」

ちょっとしたピクニック気分になって、みんな思い思いに食べ物に喰らいついた。

僕もパンをむさぼりながらマイクさんの今の話を思い返していた。彼の話していたことの半分はわからなかったけど、何となく少しは理解できた。前々から心の中にあった感覚と似ている気がしたからだ。大好きなものに出会うと自分との境目がなくなる感覚。たとえば、ザリガニ採りに熱中して夕暮れの空と僕とキラキラ光る水面と風景が溶けあって透明になったような

感覚。深い森の中で森に包まれ木々の息づかいやしゃべり声が聞こえてくるような感覚。昼と夜に境目がないように、海と空に境目が見えない時があるように、僕と宇宙とか、山とか、コオロギとか、引き出しの中にある宝物とか、ソーダ水とかが同じ重さなんだと感じる瞬間がある。恐れ敬うというほどではなかったけれど、僕と「物」や「現象」とには何かつながりがあるような気が、そして「物」とは単なる物質だけではない気がしていた。

どこか、さっきの話に通じている気がする。間違っているだろうか？　誰にでもある感覚なのだろうか？　まだ誰にも話したことがないけれど、マイクさんだったらわかってくれるかも、そんな気がわいてきた。だんだん僕は彼に好意を持ち始めた。

「マイクさんはいつ、出かけちゃうんですか？」僕は尋ねた。

「そうだ、これからどこへ行くんです？」コーヒー牛乳ビンの開けづらい紙蓋と格闘していたアキヒロも思い出したらしく、質問に割りこんできた。

「そーね、行き先はまだちゃんとは決めてないんだけどね。ずっと日本の北に向かって行こうと思っているんだ」

「じゃ、北海道の先っぽが終点？」

「とりあえずはね。いつまでに着けばいいかも特に決めてないしね」

「今日、もう出発しちゃうんですか？」

「そうだな、今日はもうちょっとで夕方だし、こんないいネグラがあるんだから、もう一晩ぐらいここに泊まってもいいかなとも思ってるんだけどね」

「いいなー、僕も泊まってみたいなー」僕はうらやましがった。

「おい、泊まっちまおーか」アキヒロが急に身を乗り出して言った。「俺んちに泊まることにすればいいじゃん。それで三人でここに来ちゃえばいいのさ」

この突拍子もない発案に僕らは目をしばしばさせた。

「おい、おい、君たちのお父さん、お母さんが許してくれるのかい?」マイクさんもパンを食べる手をとめた。

「僕の家にお母さんはいないんです。それに、何度かみんなで僕んちへ泊まったことがあるんです」とアキヒロ。何度かというのはウソで、一度だけアキヒロの家で遅くまで遊びすぎて、夜道を帰ってくるより泊まったほうがいいだろう、となった晩がある。あの時は電話でしぶしぶ親に許しをもらったけど、今回はどうだろう。

「まだ夕飯のしたく前だから、今話つけとけば何とかなるかもな」タカシも乗り気だ。

「でも、アキヒロはどこに泊まるっていうんだ?」僕は訊いた。

「そりゃ、ケイタかタカシんちに泊まるっていうに決まってるさ」

「ばれないかなー」

「ばれたらその時はその時だ。やるだけやってみようぜ。マイクさん、みんなでここへ泊まってもいいでしょ？」

「そりゃーここは、元々君たちが作った場所なんだから僕はかまわないけどね。ホントに君たちの行動力はすごいね。できそうかい？」

「何とか、やってみるよ。こんなチャンスめったにないもん」

これはもう、とんでもなくワクワクするアイデアだった。内緒で、この全く人気《ひとけ》のない〈ロストシティ〉に泊まりこむのだ。廃墟になった未来都市で夜を過ごす、唯一の生存者になるんだ。すごいぞ！

さっそく僕らは綿密な計画をたてて、実行にうつった。

空は抜けるように高く、海のように澄んでいて、所々に離れ小島のようなちぢれ雲が浮かんでいた。そのまわりをトンビが気持ちよさそうに泳ぎまわっていた。

007

JUNK JUNGLE KIDS
CHAPTER 007

それぞれの親に許しをもらって〈ロストシティ〉に泊まるという計画は困難を極めた。何しろ実際に泊まる場所は内緒なのだから。僕らは三人でお互いの家へおもむき、どうしても今夜中に夏休みの課題の共同研究を片づけなければならないという強引な理由をつくり、力説し、説得し、おがみ倒した。僕らの親たちはいぶかしげながらも、丸めこまれ、しぶしぶ許可を出してくれた。

夜更かし。この心ひかれる魔術的な響きの言葉は、今までの日々の中で特別な思い出として記憶の中に残っている。たとえば、毎年秋に催される村祭りの神社の境内に立ち並ぶ出店の夜の風景。そして、そのわきの広場で上映される夜の屋外映画会（二本立てで一本はクレージーキャッツかコント55号の喜劇、二本目はヤクザ映画と決まっていた）。または消灯のあと友だちと暗闇の中でふざけあった夏期林間学校。クリスマスの日曜学校のキャンドルサービス。大晦日の眠たさをこらえて見る『紅白歌合戦』と『行く年来る年』、そのあと家族友だち総出で向かう初詣での熱気。そして何よりアキヒロの家でタカシと一緒に泊まった夜。

しかし、夜更かしといっても、いつも起きているのはせいぜい二時くらいまで。夜中の三時にはぐっすり夢の中だった。ところがこの〈ロストシティ〉の夜の体験は、今までの時間を大きく上回った。そしてそれらの思い出のどの場面より深く、強烈に僕の記憶に刻まれる夜となった。

家々からあふれる夕飯のしたくの匂いや音を振り切って、三人が再び〈ロストシティ〉に着いた頃には、夕日があと少しで消えようとしていた。

西の崖の向こうで太陽が眠たそうに揺れながら静かに沈んでいくのが見え、オレンジ色から葡萄色、さらに群青色へとグラデーションを描く巨大な布のような空が地上を覆いつくそうとしていた。

〈ロストシティ〉は、ますます独特の表情を見せていた。廃車の群像たちは淡い光を浴びて妖しく、荒々しく、だがどこか気高く、凛々《りり》しい佇《たたず》まいを醸し出していた。まるで朱色の笠をまとったお坊さんの、荒行に向かう行列のようだ。

秘密基地〈指令室〉に入って驚いた。明かりがさらに様変わりしていたのだ。赤や黄色などの色とりどりのライトが、いたる所にそなえつけてあり（マイクさんがバスのサブライトやテールランプをはずして取りつけてくれていた）、その光が室内を暖かく照らし、さらに、何本ものロウソクがハチミツ色の炎をほのかに灯してゆれ動き、まわりに幻想的な影を落としていた。まるで、魔法の国の魔法使いたちの饗宴《きょうえん》の場のようだ。

「うわー、すげー、きれい！」僕らは歓声をあげた。

「〈ロストシティ〉のパーティ会場へようこそ！」マイクさんが僕らをバスの中に招き入れた。

僕は夜食用の食べものが入ったふろしきをテーブルにでんと置いた。母がアキヒロの家へ泊まるのだったらと、気を利かせていろいろと作ってくれたのだ（ちょっと後ろめたさを感じたが）。ふろしきの結び目をほどき、段になった重箱を一つ一つ開けた。中には海苔、しそ、青菜などで巻いたおにぎり、甘い煮汁がしみ込んだお稲荷さん、皮のまま茹でて少しほぐしたところにバターを入れたじゃがいも、トウキビの実のバター炒め、赤しそ、カブの葉、よもぎなどの天ぷら、たくあんやハリハリ漬け、姫竹が入ったきんぴらごぼう、生姜がいっぱい入ったニシンの甘露煮などがぎっしり詰まっていた。これまた脈絡のない組み合わせの食べものだが、これら全ての料理を母はありあわせの食材を使ってほんのわずかの時間でこしらえたのだから、魔法のような手際だろう。

みんなも目を輝かせ、その品々を眺め、生唾を飲みこんでいた。

さあ、用意はできた。パーティの始まりだ。

まずはタカシが持ってきたジュースで乾杯。そこにマイクさんの持参していたポケットウィスキーをちょっとだけたらしてくれた。ジュースが途端に大人の味に変わった。

というか、単純に苦《にが》っ！

僕らは、砂漠の中のオアシスにたどり着いたキャラバンのように、つかの間の休息を手に入れた冒険物語の主人公たちのように、ゆったりと満ち足りた時を満喫していた。

学園紛争のあおりを受けて大学を中退したマイクさんは、自動車工場でアルバイトをしながら日本全国を放浪し続けているらしく、方々の土地でいろんなものを見聞きし、数々の経験をしていた。その旅の体験談に、三人は熱心に耳を傾けた。そしてまだ見たことのない熱帯の島の人っこ一人いない海や砂浜、緑色に澄みわたった海の底の奇怪な形の珊瑚や極彩色の魚群、または冬の東北の離れ小島の波が吹き荒《すさ》ぶ海の波雫《なみしずく》の情景に思いをはせていた。中でも、彼が体験したという心霊現象の話などは、心臓が飛び出るほど怖かった。

その一例。

カニ族のマイクさんは、寝泊まりといえば大概は野宿だが、ごくたまにはユースホステルや民宿に泊まる機会もあった。ある山奥の民宿に夜遅く着いて、部屋で寝ようとすると、窓の外でチリン・チリンと鈴の音が聞こえる。こんな真夜中に誰がいるのだろうと思って窓を開けると、外は絶壁の谷底だった。……という話。

「……宿の飼い猫が窓の桟かどっかを通ってたのじゃないかな？」アキヒロがこわごわ尋ねた。

「そうかもしれないね。でも聞いたのは、規則正しい鈴の音だったんだ。こんな風にね」と彼はゆっくりと右手を持ち上げ、鈴を鳴らす真似をした。チリン・チリンと。

僕らは再び生唾を飲みこんだ。

次に僕らは全員で外へ出て、アキヒロが持ってきた花火で花火大会を始めた。ヒュー・パーンという素早い破裂音とはしゃぎ声が、静まりかえった暗い谷間にこだまする。

あたりによく耳をすますと、発電機がブーンブーンと唸る音、風が吹く度《たび》に鉄同士がこすれる鈍い金属音、光を求めて飛んでくるカナブンや蛾などの虫たちが窓に当たる音、向こうの川にいるカエルの大合唱などがかすかに聞こえてくる。

崖の上に広がるとてつもなく大きな空は、もうとっぷりと日が落ち、呑みこまれていきそうな濃い闇が支配していた。

明かりといえばこの秘密基地〈指令室〉のバスの中だけ。世界の中心がここにあり、ここでしかなく、世界の果てもここのような気がした。空に浮かぶ銀河の星々はキラキラ瞬いていたが、その距離はあまりにも遠いことを実感できた。まるで向こう側が夜の都市の岸辺で、僕らは深く深く深く光の届かない海底まで沈んでいるような感覚。まるで僕らは難破船に棲みついている孤独な深海魚のよう。そんな錯覚に陥った。

度胸試しをしよう、となって、みんなで懐中電灯を持って暗闇の〈ロストシティ〉に繰《く》り出した。何てったってここは車の墓場のど真ん中だ。懐中電灯で下から照らされた鉄の群像は、おぞましく、おどろおどろしく、無気味な表情をたたえて僕らを見下ろしている。今にも、うめき、ざわめきだしそうな気配だ。

マイクさんの心霊話を聞いたあとだけに足がすくみ、鳥肌が立った。ゾーッとした。とんでもない所にいることに気がついた。来たことを後悔した。一刻も早く家へ戻ってやわらかい布団で眠りたい衝動にかられる。

ほかの二人も同じみたいで、三人はおしくらまんじゅうみたいに押し合いながら恐る恐る歩く。マイクさんは笑って見ている。

「マイクさんは怖くないの？」

「怖いさ。怖いけど、一晩お邪魔します。何も悪いことはしませんって念じてるから、我慢できるんだよ」マイクさんは答えた。急いで僕も同じことを念じてみる。「何も悪いことはしません。さっき、花火して騒いだりしてゴメンナサイ」少し気持ちが和らいだ。

〈中央池〉の表面にたまったオイルが幻想的な彩りで月を映し出している様子を見ながらぐるりと回り、再び〈秘密基地〉へ戻る。

〈指令室〉の中でホッと一息つくと、少しずつ恐怖感が薄れてきた。この基地の中にいると穏やかな、密やかな、満ち足りた気分に戻れた。ここには心地よい時間が流れている。そうしているうちに、来たことを後悔した気持ちなど、すっかり忘れてしまっていた。

〈ボーリング塔〉から拾ってきたトランジスタラジオから、感度は悪いが静かに音楽が流れていた。

「このラジオ、さっきから英語の曲ばっかだな。しゃべってるのも英語だぜ」タカシが気がつく。

「このチャンネルはＦＥＮ《極東放送網》と言って、米軍が流してる放送番組なんだよ」マイクさんが教えてくれた。

「へー、このラジオはそんなものが聴けるんだ」

「いやいや、君たちの持ってるラジオだって注意深くチャンネルを合わせればつながるよ」マイクさんが笑った。

「そっか、俺なんか歌謡曲しか聴かないもんな」

「そうだ、君たちにいいものを聴かせてあげようか」とマイクさんは言って、ラジオを切り、彼の大きくて重そうなリュックサックの中をゴソゴソ探し始めた。手品師の箱を開けたみたいにいろいろなものが出てくる中「これこれ」と言って取り出したものはハーモニカだった。ただ、僕らが知っているハーモニカと違っていて、穴が一段しかなく小ぶりなつくりだった。

彼は大きく深呼吸してから、しぼり出すようにハーモニカを吹き始めた。今まで聴いたことのない音楽だった。素朴で、荒々しく、迫力のある音。物悲しくて、寂し気で切なくなるような音。でも生き生きとして、どこかユーモラス。リズミカルで、だけどドッシリしている、とても奇妙な音だった。長く息を吸いながら思いきり鳴らす音は猛獣のいななきのように雄々しく、細かく息を吐きながら鳴らす音は小鳥のさえずりのように軽やかだった。恐怖映画のような無気味なメロディがあったかと思うと、賛美歌のように美しいメロディにも感じられる不思議な音楽だった。

彼は両手を巧みに操り、ハーモニカを包みこんだり、開いたりして音の強弱をつけながら演奏を続けた。胸に染みわたる音を僕らは熱心に聴き入り、吹き終わった時、思わず歓声と拍手を送った。

「ウワー、かっこいいー。これ何ていう曲なんですか?」僕は尋ねた。

「これはブルースと言ってね、アメリカの黒人たちが作った音楽。この楽器はブルース・ハープって言ってね」

「ハープって、あの竪琴みたいな?」

「いや、あのハープじゃなくて、ハーモニカって言葉を無理矢理縮めた名前なんだ」

「何だか、悲しい音がしますね」僕は感想を述べた。

「そうかな、俺は楽しい音に聴こえたけどな」アキヒロは違う感想だった。

「そうだね、この音楽は黒人たちが生活とかが苦しい時にそれをはね除けるためにできた音楽だから、どちらにも聴こえるんだよ。面白いだろ?

世の中には、まだまだ素晴らしい音楽がたくさんあってね、君たちも音楽だけに限らずいろんなものに出会って、泣いたり笑ったり、喜んだり悲しんだりして心が豊かになっていくんだ。それが成長ってもんさ」

「ふーん」

「君たちは、大きくなったら何になりたいんだい？」

「僕は絶対マンガ家」僕は即座に答えた。

「俺は野球選手かなんかになりてーな」とタカシ。

「俺はー、俺は、何でもいいや、大人だったら。——早く大人になりたいなー。そしたら毎日こうやって夜更かしするんだ」とアキヒロが答え、みんなが笑った。

それからしばらく、僕らは三人の将来について思いを巡らせ、話し合った。濃い霧の先にある未来。僕らは霧の中に飛びこみ、闇雲に突き進む。この霧の向こう側に何が待ち受けているのかは現時点では知る術《すべ》はない。

さすがにしゃべり疲れた四人は雑魚寝しながら、うとうとし始めた。ロウソクのロウが溶岩状にまわりに溶けて流れ本体が残り少なくなり、炎が揺らぎながら消え始めた頃、窓の外を見ると、白々と夜が明けてくるのがわかった。重なった車の塔が影絵芝居のようなシルエットでぼんやりと浮かび上がってきた。

「結局、朝まで起きちまったな」タカシがつぶやいた。ここには「こらー！　まだ起きているのかー！」と怒鳴ってくる夏期学校の見回りの先生などいない。

オシッコがしたくなり再びドアを開けた。朝ぼらけの風がフワッと室内に入ってきた。もう外に出ても怖くなかった。僕らは大きな伸びをし、あくびをし、各自思い思いの場所で立ち小便をした。

あたりは、薄く白いもやがたちこめ、僕らをなでるようにゆらゆら漂っていた。鉄の塊たちには水滴がたまり、表面を濡らしていた。触るとひんやりと冷たく気持ちがいい。指ですくい舐めてみる。血を薄めたような味。

そうしているうちに、太陽がもやの向こうからゆっくり頭を持ち上げのぼってきた。まるで水平線から姿を現わした巨大な船のようだ。

ずっと起きっぱなしだったが、確かに今日という日が始まった。僕らの未来への第一歩がまた始まった。

「六時になったらラジオ体操に行かなきゃな」僕が提案した。

「そうか。でも、スタンプ持ってきてないぜ」とタカシ。

小学校の最年長学年の僕らは、下級生たちのスタンプ帳にスタンプを押す役目に使命感を持っていたため、ラジオ体操を休むわけにはいかないのだ。

「取りにいかなきゃ」

「六時前には、いったん家へ戻らないとな」

「じゃ、そろそろ帰ったほうがいいな」

「そうしようか」三人は話し合った。

マイクさんはバスの中で寝袋の用意を始め、眠たそうに手を振っていた。僕らも手を振って秘密基地を離れた。

でも、僕らはお互い知っていたのだ。決して誰も口に出さなかったけれど、わかっていたのだ。これで、もうお別れだということ。そして、たぶんマイクさんと僕らはもう二度と会うことはないだろう、――ということが。

三人はお互いに口を閉ざし、くちびるを噛みしめ、言葉を飲みこんで崖をのぼった。下を振り返って見ると、朝焼けの太陽に照らされて、水晶のように光るもやが漂う谷間の中で、まだ赤や黄色のライトの明かりがバスの窓からこぼれて見えた。あの中でマイクさんは眠ろうとしている。今度ここへ来た時は、彼はもういない。

「さよなら、マイクさん」僕らは一人一人、心の中でつぶやいた。

ラジオ体操が終わり、家に着いたとたん、僕はそのまま布団に直行してバタンキュー。夕方までむさぼるように眠りこけていたらしい。夕方アキヒロから電話で起こされ、〈ロストシティ〉へ行ってみようということになり、まだ寝ていたタカシも電話で叩き起こし、みんなで〈ロストシティ〉へ向かった。案の定、〈指令室〉はもぬけの殻だった。電気は消してあり、散らかし放題だった内部はきれいに片づけてあり、外にずっと吊るしたままになっていたミラーボールもしまってくれていた。

テーブルの上に、マイクさんの書いた一枚のメモが置かれてあった。

三人のロスト・シティの小さな住民たちよ、
僕はまた旅に戻るよ。
元気でね。
マイク
追伸　『三人の三つのオキテ』をこころして守るべし

そっけない手紙だった。

「変な人だったな」

「うん、面白い人だった」

「大人っぽくなかったよな」

「俺らと気が合ったもんな」

「また、いつか会えるかな」

「会ったとしても、もうお互いわかんないんじゃねーか？」

「わかるね、俺は、きっと」

「お前なんか、もう忘れられてるよーダ」

「何をー！」タカシがアキヒロの首をつかみ、プロレスの技をかけた。

「いてて、ロープ、ロープ！」二人は猫のようにじゃれ合っていた。

僕はそのメモを読み返し、〈ロストシティ〉の向こうの道路に時々しか走ってこない車が起こすモウモウとした土煙を見ながら、マイクさんを思った。

恐らく彼はここの地形をもう少し詳しく把握するために一日延長してここに滞在したのだろう。だとしたらあそこのジャリ道でヒッチハイクなどはせず、崖をのぼってススキ野原のケモノ道を抜け、舗装された国道まで出たに違いない。そのほうが車の往来が断然多いし、その分遠くまで行く車を止めやすいからだ。

僕は今度は崖の上に目をやって、ヒッチハイクに成功したマイクさんがトラックか何かの車の助手席に座って、走り去る風景を眺めている姿を思い浮かべていた。

008

JUNK JUNGLE KIDS
CHAPTER 008

ジョワーーンと耳をつんざく音が響きわたっている。木材を裁断している音だ。

むせ返るような木の香りがそこら中に漂い、まわりでは職人が忙しそうに動きまわっている。

ここはタカシの伯父さんのタクミオジサンが工場長をやっている製材工場だ。社員はほかに二人しかいない小さな会社だが、工場自体はだだっ広く、壁には高い天井に届くほどの長い材木の板や運ばれてきたばかりの伐採木が並んでおり、中央には裁断機などの大小さまざまな機械類、周辺には木屑、カンナ屑などが散らばっている。はるか上の天井にある半透明の波形の天窓からは、薄明かりがスポットライトのようにいろんな角度に差しこんでいて、舞っている塵がキラキラ光り、工場全体が劇場の舞台のような複雑な明かりに満ちていた。

僕らは学校の帰りによくここに寄っては遊んでいた。中でも大量の大鋸屑《おがくず》が山のようにうずたかく積まれた場所が恰好の遊び場で、そのフワフワと柔らかい山に飛びこんでうずまって遊び、ドロだらけならぬ大鋸屑だらけになって、さんざん伯父さんに怒られたものだ。

作業をしていたタクミオジサンが僕ら三人を見つけてニヤリと笑いながら威勢のいい声を出した（ここでは小声でしゃべる人はひとりもいない）。

「おー、来やがったな、三バカ大将」僕らのことだ。「何しに来た。このデカ・チビ・ノッポ。またイタズラしに来たか?」相変わらず口が悪い。

「あそこにある木の棒、いらないヤツでしょ? 少し持ってっていい?」タカシがため口をたたいた。

「あーー？」伯父さんが耳に手を当て、わざと大袈裟なポーズで聞き返す。

「あそこの木材もらっていっていい？」もう一度タカシが大声で叫んだ。

「何しに使う？」

「内緒」

「内緒だ～？　内緒ならやれんな」さらに声をあげて伯父さんは答える。

「ハシゴを作るんだ」

「ハシゴ～？　何しにハシゴを作る？」

「内緒」

「内緒だ～？　ま、いいや、持ってけ」問い詰めるのが面倒になったのだろう。職人気質《かたぎ》の伯父さんは短気で怒りっぽいが、気さくで気前がいい。

「やったー、サンキュー」

「ハシゴ作るんなら、きちっと作れよ。のぼってこわれちゃシャレにならんぞ」

「わかってますって。――リヤカーも借りていい？」

「ちゃんと、元に戻しておけよ」

「ラジャー」

僕らは工場の外の軒下に立て掛けてあるリヤカーを倒し、そこに三メートルはある角材を何本かと大量の材木の端切れを積みこみ、前でタカシが引っ張り、後ろを二人で押しながら運び、道に出た。

「あ、こら、乗っかるな、重いだろ、まじめに押せよ」ふざけて後ろの二人がリヤカーにこっそり乗っかったりしながら、車の通りの少ないジャリ道をゆっくり進んでゆく。この道を進むと、左手に小川、右手は崖になっていて、しばらくすると大きな金網の門が見えるはず。その奥にあるのはもちろん〈ロストシティ〉。


マイクさんが去ったあとも、僕ら三人の〈ロストシティ〉で過ごす日々はますます熱をおびていった。

自分の大好きなものに出会うと自分との境目がなくなる感覚は、この場所でも感じ始めていた。僕の皮膚とごつごつした鉄の表面が一体になってしまう感覚。体が空に舞い上がり、全てが透明になってしまうような感覚。『ちびくろサンボ』の話でトラ同士がお互いを追い回しているうちに境目がなくなり、溶け合い、バターになっていく場面が僕は大好きなのだが、僕自身が〈ロストシティ〉に溶けてホットケーキにでもなってしまうのではないかと思うほどのえも言われぬ感覚。ハチミツをいっぱいかけたホットケーキを頬張る時に似た、幸福感が全身に満ちていた。

この夢見がちな感覚がほかの二人にも飛び火し感じ取ったのか、あるいは元々奴らにもそういう感覚があったのか、二人も同じように〈ロストシティ〉にのめりこんでいった。

マイクさんが言っていた『畏怖の念』の話は頭の片隅にはあったが、結局そんなことはお構いなしに、この車の墓場を荒らしまくっていたのだ。

空に伸びる逆鍾乳洞のような数々のスクラップの塔を、僕らは把握できるまですみからすみまで探索していった。

そして『宝探し』と称して、積み上げられている廃車に無理矢理入りこみ、運転席のダッシュボードや後ろのトランクをこじ開け、中に残っている置き忘れたものを取り出すという遊びに熱中した。ほとんどがしおれた段ボールや地図帳、昔の新聞、何かの書類とかの紙切れだったが、中にはマンガ本、写真、手帳（一度百円札がはさまっていた）、腕時計などが見つかった。戦利品だ。中でも僕らがもっとも嬉しかったのは、大人用の雑誌だった。ちょっとHな写真が載っていたりした。湿気でくっついているページをドキドキしながらていねいに剝がす。奥村チヨの水着の写真のページが見つかった時は、タカシが飛び上がって喜んだ。

「うわー、やった！　俺、奥村チヨの大ファンなんだー。色っぽいよなー、チヨちゃん」ませた野郎だ。

そういう思わぬ収穫があるものだから、夢中になってダッシュボード漁《あさ》りを続けたが、ある半開きになったダッシュボードを開けて僕らは悲鳴をあげた。何匹かのヘビがうじゃうじゃ集まってとぐろを巻き、僕らを睨んだのだ。そこを住処にしていたらしい。一匹ぐらいならまだ平気だが、何匹もかたまっているのを見たのは初めてで、これにはさすがの僕らも気持ち悪くなって、それ以後この遊びは封印した。

太陽はこれでもかというくらいに照りつけ、一面に強烈な暑さを注ぎこみ、あたりは蜃気楼のようにモワっと揺らめいている。アブラゼミが鉄の塔を木と間違えてとまっていて、方々から騒がしく鳴り響いている。その音は金属音に似ていて、まるでコンビナートが稼動しているように聞こえる。

僕らは太陽の光と鉄の照り返しをまともに浴び、サビた車と見分けがつかなくなるくらい真っ黒になりながら遊び回った。

〈バラック地区〉から出てくる湧き水を堰《せ》き止めて土で固め二段のダムを作り、水飲み場と手洗い場として確保したり、〈タイヤ地区〉からタイヤを持ってきて崖からソリのように滑り降りたりした。そして暑さの限界を越えると、道路の向こうの小川に素っ裸になって飛びこみ、火照《ほて》った体を冷やした。うだるような暑さも、川の中はヒヤリと冷たく、川のまわりの水草やヤマボウシやユキヤナギなどの緑は涼しげで、気持ちがいい。用水路も兼ねているこの川は、水かさが僕の胸くらいまであって流れも速く、三人はその水をかき分け川泳ぎの競争などをした。水の中でもアキヒロが一番すばしっこい。

ひとしきり泳いだあとは、アメドジョウやタガメ、ミズカマキリなど、川に棲息している生き物を網で捕ったり、川の向こう側にある広大な林檎畑の、背の低い林檎の樹に素っ裸のままのぼり、まだ全く熟していないすっぱいだけの林檎の実を捥《も》いで食べたりする。

——というような、胸躍る毎日が続いた。

ある時タカシが樹の上で黄緑色の林檎をかじりながら、金網の門越しに見える〈ロストシティ〉にそびえる巨大なボーリングのピンの塔を眺めて言った。

「あのボーリングのピンって万博の太陽の塔みたいだよな」

「そういやー、そうかもな」僕が答えた。「太陽の塔のほうがボーリングのピンをまねたって感じだよな」

「でも、顔がねーじゃんか」とアキヒロ。

「俺らで作っちゃおーか」とタカシ。

「どーやって?」

「タイヤをてっぺんにくっつければ、太陽の塔の顔っぽく見えるだろう」

僕は想像した。なるほどボーリングのピンの頂上にタイヤがついていれば太陽の塔に見えなくもない。面白いアイデアだ。

「でも、あんな高いとこに、どうやってタイヤをくっつけんだ？」とさらにアキヒロ。

「そうだよな、だいたいどうやってのぼるんだ？」と僕。

「ハシゴを作ればいいじゃん」

「ハシゴ？」

「〈バラック地区〉にあるぼっこ《棒》ぐらいじゃ、短くて無理だぜ」

「タクミオジサンとこの工場なら、もっと長い木たくさんあるだろ？」

「あー！　そうか」

二人はポンと手を叩いた。


さあ、リヤカーは〈ロストシティ〉に到着した。

門と地面のわずかな隙間を腹這いになってすり抜け、サビついたカンヌキをはずし、観音開きの門を開け、中に入り、再び門を閉じる。リヤカーを倒して木材を赤土の地面にばらまき、二つの細長い角材を平行に並べ、その上に均等に短い角棒を直角に置いていった。釘を打つのはタカシの担当。さすがにタクミオジサンの血統だけあって手際がいい。

できあがったハシゴをよっこらせと持ち上げ、ボーリングのピンに立て掛けてみる。ハシゴの先がピンの三分の一くらいの位置まで届いている。

「ほんじゃ、俺がのぼってみますかね」身軽なアキヒロがよじのぼり始めたが、さすがに途中で動きが止まった。

「ウヘー、コワッ、思ったより高いや。おーい、下でちゃんと押さえててくれよ」

慎重に一歩一歩ハシゴをつたい、のぼりきり、ピンの頂上に手が届いた。そこに輪っかになった突起物がついている。クレーンか何かでつりあげるためのものだろう。グッと強く押してみる。

「びくともしない。頑丈だぜ。これならひも通しても大丈夫だ」

アキヒロは、いったん地上に降り、用意しておいたビニールのロープの先端を持ってもう一度よじのぼり、頂上の輪にくぐらせ、再び降りる。ロープのもう片方の先端に、〈タイヤ地区〉から持ってきた、普通車よりひとまわり大型のタイヤ（トラックかダンプのタイヤだろう）を縛りつける。タカシが思い切り引っ張ると、たわんでいたロープが頂上の輪を頂点にしてピーンと張りつめ、タイヤがずるずると動き出した。同時にタカシの足も引きずられた。

「あー、重くてだめだ、手伝ってくれー」

「ＯＫ、せーの」

三人で力を合わせて引っ張ると、徐々にタイヤはボーリングのピンの表面を這うようにのぼっていった。ひょうたんを細長くしたようなボーリングのピンの上の丸まった位置でタイヤを止め、ロープを塔に巻きつけ、下の先端をそばにあるビリヤードの台にとりあえずくくりつけた。

みんなで離れて見上げてみる。笑みがこぼれた。

「似てるな」

「〈ロストシティ〉版、太陽の塔ってとこだな」

「両わきの手みたいなツノはないけどな」

「下にも顔がほしいよな」

「描いちゃおうか？」僕が提案した。

太マジックを持ってきてハシゴの中段までのぼり、巨大なボーリングのピンの表面に巨大な顔を、ラクガキの要領で書きなぐる。下では「もうちょい右の線を伸ばして」などと注文をつける。ハシゴを移動し、のぼり降りしながら描き進める。

下から笑い声が聞こえた。

「ケイター、うまいうまい、そっくりだ」

「お前もこっちにきて見てみろよ」

降りて、離れて見ている二人のところへ行って、眺めてみる。こりゃまた、そっくりなの何のって。三人腹を抱えて笑い転げた。

もはや、秘密にすることなどすっかり忘れてしまっている。

「ロープをちゃんとてっぺんで縛っておかないとな」しばらくしてタカシが言った。

「そうだな、ここに縛っただけじゃ心配だもんな」とりあえずくくりつけていたビリヤード台をみんなが眺めた。

「無理だよ、ハシゴ一人しか上にのぼれないんだぜ」とアキヒロ。上で作業するには、どうしても最低二人は必要だ。

「うーん、くそ、やっぱ無理か」

その時アキヒロがあることに気づいた。

「そういやー、ピンのてっぺんの横のほうに、窓みたいなのがあったな。ふさがってるけど」

「開けられないかな」

「ビスで止めてあったけどな。ドライバーで外してみようか」

さっそくハシゴを移動して、ドライバーを持ってふさいである板のところにのぼってみる。ビス部分は、雨防止のためにパテが付着してあった。それをていねいに剝がし、ビスをドライバーで回してみる。案の定堅く締めつけてあるらしい。ハシゴの上で悪戦苦闘しながら、すべて外し終えた。

「おーい、板を落とすぞー、気をつけろ」

鉄の板が落ちてきて、ドシャーンと音をたてて地面にぶつかり、二、三回勢いよく踊り回ってから止まった。ピンの塔の上部には四角い小さな窓があらわれた。

アキヒロが中をのぞきこむ。

「うへー、カビくせー」中の空気にむせ返っている。

「まっくらだー、あれ？　一番下から光が洩れてる。裏っかわに隙間があるみたいだな」アキヒロの声が塔の中で反響してウヮンウヮンいっている。

ピンの塔の反対側にまわってみる。半分以上火山灰の土砂で埋まっているが、フタのようなものが見えた。

「よし、掘り起こしてみよう」

「よっしゃー」

三人で土砂をどかしてみると、上と同じようなフタのような板がビスで止めてあった。工事の段階で二つとも必要なものだったのだろう。

これも無理矢理ねじり、外し、バールを使ってサビついたフタを強引にこじ開けてみる。長い間ずっと封印されていた内部の湿った空気が亡霊のように溢れ出て、まわりに拡散した。今度は全員がむせた。

　中をのぞいてみると、暗闇の中にジャングルジムのように細かく組まれた鉄の骨組みが見え、その上部から光が差しこんでいるのが見えた。さっきアキヒロがこじ開けた窓からの光だ。

　ほかにもいたる所に小さな穴やら隙間やらが空いていて、そこから暗い内部に複雑な光の筋を伸ばしていた。そこから雨も垂れてきたのだろう、所々ヌメヌメしたカビやコケが生え、全体は鉄サビで覆われ、もぐりこんだ蜘蛛たちのつくった蜘蛛の巣が張り巡らされていた。異様な雰囲気が漂っている。以前テレビで観た映画『ノートルダムのせむし男』の古びた鐘楼《しょうろう》の内部を思い出した。

「おい、中に入ってみようぜ」タカシが興味を示した。こういう時にはえらく勇気がある。そういえば丘の上展望公園の向こう側にあったサナトリウムの廃墟を見つけた時も、タカシが率先して入っていった。あの晩は怖かった。金縛りにあったりして大変だったっけ。

　タカシが果敢に中に入りこみ、鉄の骨組みをつたってよじのぼっていった。真ん中あたりがすぼまっていて窮屈そうだが、うまく鉄骨をかわし、窓までのぼりつめた。外にズボッと顔をだし、歓声をあげた。

「うへー、高けー」

「おーい、ケイタ、ロープを外して俺にわたしてくれ」アキヒロがすでに外に出て、ハシゴにのぼっていた。僕はビリヤード台からロープをはずし（ずっしりと重い）、アキヒロにわたす。それを上の二人が持ち、一人が少したるませ、もう一人が先端を頂上の輪にもう一度くぐらせ、うまく連係しながら縛りつけた。これでタイヤはしっかり固定された。

「タイヤに乗っかってみようかな」タカシが無理矢理窓から這い出し、「おりゃー」という威勢のいいかけ声と共に、猿のような身軽さでタイヤに飛び移った。タイヤが大きく揺れた。

「うっへー、〈ロストシティ〉中じゃ一番高いぜ。〈見張り台〉なんて、ずっと下のほうだ」

〈自動車地区、見張り台〉が気に入っている僕はカチンときた。

「おーい、危険なことしないってオキテだろ」

「んなこと、知るもんか。キャッホー」タイヤを揺らしながら、タカシが奇声を発した。

だめだ、完全に舞いあがってる。あいつ、高所恐怖症じゃないんだな。

「やっぱお前はバカだー。煙突と一緒で高いとこが好きなんだろー」下で僕がちゃちゃ入れる。

「うるせー、悔しかったらお前ものぼってみろよ」

「あ、うぐ」これには思わず口をつぐんでしまった。臆病な僕は見張り台くらいは平気だが、さすがにあの高さまではとてものぼる勇気はないからだ。

「のぼってこれないんだろー。弱ー虫ー。お前なんか下でしこしこマンガでも描いてりゃいいんだ」すかさずタカシがたたみかけてくる。

「うるせー。お前なんかそっから頭から落っこちて死んでしまえー」僕は勝ち目のない反論をぶつけた。が、あっさり「へっ」とかわされてしまった。ちぇっ、くやしいなー。

ふと、さっき落ちてきた鉄板の裏側に紙が貼ってあるのに気がついた。何やら専門的な記号だらけだったが、このボーリング場があったと思われる住所も書かれていた。確か、アキヒロがここに転校する前にいたA町という町の名前だ。ハシゴの上にまだのぼっているアキヒロへ伝えた。

「え？　何だー、ここにあるものって、あそこのボーリング場のだったのかー」

「知ってるのか？」なおもタイヤを揺らしながらタカシが訊いた。

「知ってるも何も、よく友だちと遊んだ所さ。懐かしいなー。二〇レーンもあるバカでかいボーリング場でさ。そういえば、いつの間にか潰れてなくなっていたもんな。そうか、ここへ運ばれて来てたんだ。よくこんなでかいもん運んできたな」アキヒロが感慨深げに答えた。そりゃそうだろう、内緒で運んだんだから大変だったに違いない。

「流行ってなかったのか？」さらにタカシが訊いた。

「いや、最初は流行ってたんだけどな。A町ってさ、炭坑の町でさ、俺がいるころに閉山しちまったんだ」

「ヘイザン？」

「炭坑を閉鎖しちゃうってこと」

「ヘイザンしたらどうなるんだ？」

「そりゃー、仕事がないからみんな、いなくなっちゃうさ」

「そうか、だから潰れちゃったんだ」

「うん、俺らも結局いられなくなって、出てきてしまったんだけどな」

「ふーん」

「そうだったのかー、あのボーリング場のものは俺より先にここに来てたのかー。そういや、俺ってここに来てまだ、半年もたっていないんだもんなー」

アキヒロがハシゴの上で、そろそろ夕日が差しこみ始めた西の空を目を細めながら眺めている。遠くの小さく見える市街の街並みが西日に照らされ、色つき銀紙に包まれた角砂糖のようにキラキラ光っていた。

009

Junk Jungle Kids
Chapter 009

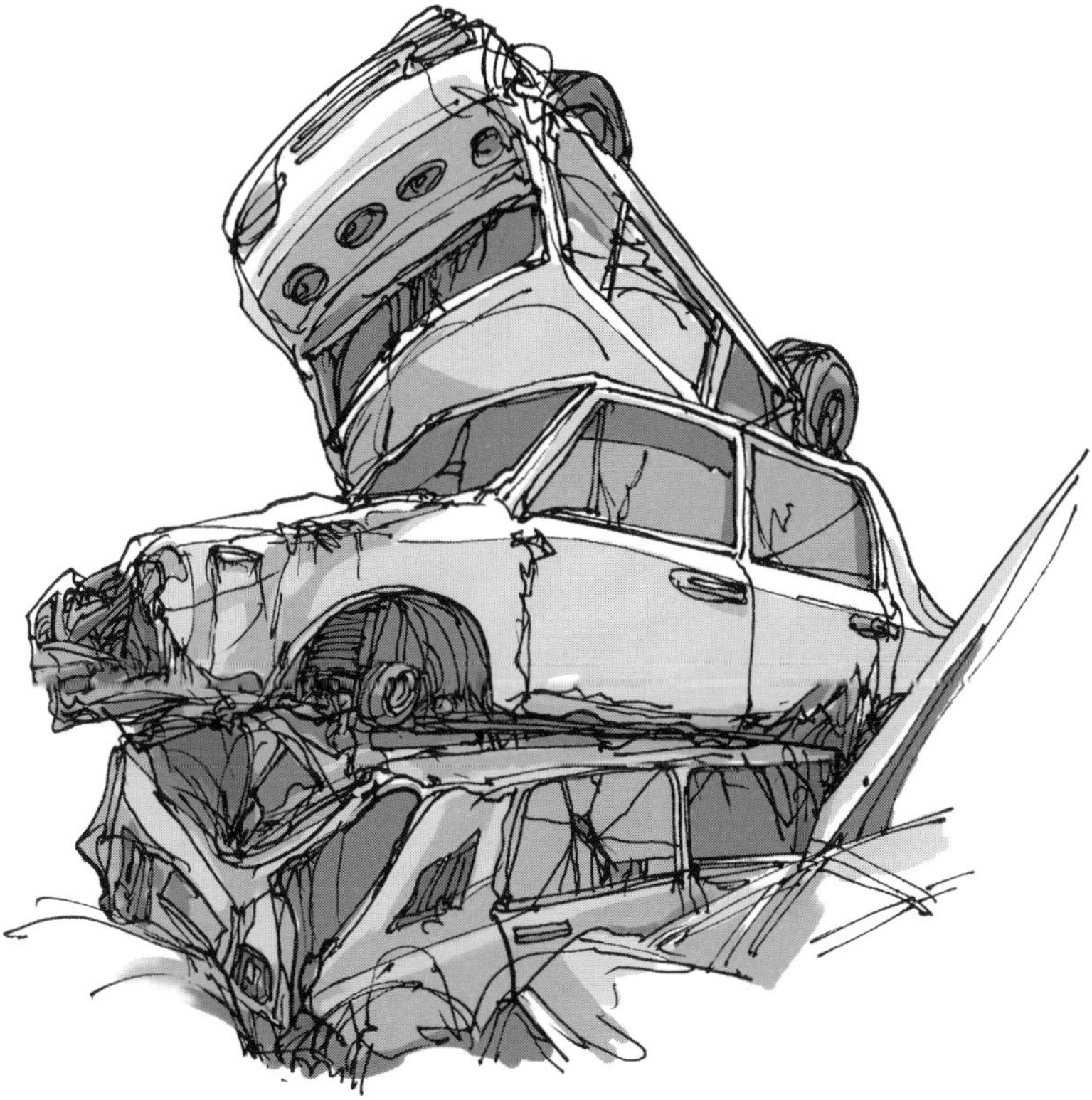

夏休みの中日《なかび》に登校日があり、久しぶりにクラスのみんなに会った。でも僕ら三人は決して〈ロストシティ〉のことは口に出さなかった。

三人がいつも一緒にどこかへ行っているというウワサはすでにクラス中に知れわたっていた。確かに、いつもなら夏休み中にみんなで集まってやるはずの野球、クワガタ採り、市営プールでの水泳などの行事に、僕ら三人がいっさい加わらなかったのだから、不思議がられるのも無理はない。

でも幸いみんなはそれほど気にとめていなかった。

下校の前、アキヒロが職員室へ行って、先生と何やら話していた。

その日からだ。アキヒロの様子が何かおかしくなったのは。何日か〈ロストシティ〉に顔を見せなかったり、来ても妙にふさぎこんでいるか、変に陽気だったりする。何かあったのか聞いてみるが、別に何でもないと言う。でも、きっと何か隠している。そこで僕は秘密をちゃんと白状させるために、早めに家を出て、彼の家へ立ち寄ろうと考えた。

いつものように自転車を軒下へ立て掛け、引き戸を開け、呼びかけた。

「ア、キ、ヒ、ロ、君、いまーすかー」

奥から出てきたのはアユミさんだった。

「あ、ケイタ君？　アキね」彼女が答えた。

「アキ」とはアキヒロの呼び名だ。アユミさんとお母さんしか使ったことがないらしく、一度からかい半分でその呼び名で呼んだら、えらい剣幕で怒ったことがある。気恥ずかしいのか何なのかわからないが、特別の思いがあるのだろう。

「アキ、今買い物に行ってるの。あがって待っててもらえる？」

アユミさんならきっと何らかの事情を知ってるはず。これは好都合と思い、靴を脱ぎ、「おじゃましまーす」と言って居間に入って、「あっ」と思わず息を飲んだ。部屋の中が片づいていて、ダンボール箱が山積みになっている。大掃除にしては大袈裟すぎる。ひょっとして、

「ひょっとして、引っ越すの？」

「え？　アキったら、まだ話してなかったの？」僕はうなずいた。

「そうか、やっぱまだ言ってないんだ」アユミさんは冷えたキリンレモンを持ってきてくれながら、話し出した。「そう、引っ越しちゃうの。ウチのお父さんの都合でさ、結局また引っ越さなきゃならなくってさ、もーやんなっちゃうんだ。まだここに来て、半年もたってないのにね」

「――いつ？」

「あさってかな」

あ、あさってー？

「あのー、引っ越しするのって、いつ決まったの？」

「前々から可能性はあったの。終業式の頃から。でも正式に決まったのは五日ぐらい前かな」

アユミさんが宙を見ながら数えた。ちょうど登校日だ。その日に先生に報告したのだろう。でもクラスのみんなには知らせずに、一人で引っ越すことを悩んでいたんだ。せめて僕らだけにでも打ち明けてくれればよかったのに。水臭い奴だ。

「ちっとも知らなかった。何で……」

「言いそびれちゃったんだろうね。あんたたち三人、猫の兄弟みたいに仲良かったもんね。あいつも相当寂しいのよ」

「うん……」

「そういう私も言いづらくて。――なんかケイタ君に会えなくなるの寂しくてさ」

「え？」

「だって、同じマンガ家志望でしょ、私たち。結構マンガ一緒に描いたり冗談言い合ったりして遊んだじゃない。楽しかったんだ。――私、転校、転校であまり友だちできなくて、アキはさ、わりかし社交的だからすぐ友だちできちゃうけど、私はどっちかっていうと引っ込み思案でさ、マンガばっかり描いてたんだよね。だからケイタ君に会って、こんなに話の合う人今までいなかったから、アキの友だちっていうより、私の友だちって感じしてたんだよね」アユミさんは自分のキリンレモンを両手で摩《さす》りながら、確かめるように話してくれた。

「僕もそう。アユミさんとマンガの話するの、いつも楽しみだったもんなー」僕もすかさず答えた。「そうかー、引っ越すのかー。いなくなっちゃうんだー」

本当にショックだった。二重にショックだった。アキヒロのことは当然寂しいけれど、アユミさんに会えなくなるのは、もっと違う感情だった。もぎ取られるような痛みに似た感覚だった。

アユミさんは、小学生の僕から見ても美人で（アキヒロに似て少しソバカスがあるところがカワイかった）中学校でも結構モテているらしかったが、親しい友だちは少なかったようだ。女友だちは何人かいて家に遊びにきたりしていたらしいが、男友だちの話などはいっさい聞かないとアキヒロが言っていた。「今まででん中でお前が一番親しいはずだぜ」とも言ってたくらいだ。だから僕はそれが密かな自慢だった。もっとも彼女は、僕を弟が一人増えたぐらいにしか考えてないだろう、と思っていた。でも今、僕をちゃんと友だちだと言ってくれた。

そう、僕とアユミさんはマンガを通して、とても親しかったのだ。初めて彼女のマンガを見た時はびっくりした。本格的にケント紙にペンで描いていたからだ。その頃の僕のマンガといえば模造紙にエンピツで描く粗末なものだったから、随分勉強になったものだ。そして、しばらくお互いのマンガを見せ合っているうちに、二人で合作をしないかということになった。僕はＳＦマンガが得意、彼女は学園ロマンス物が得意と、お互いのジャンルが噛み合わないので、どうせなら全く違う分野のスポーツマンガにしようという話になり、男女混合で野球の試合をするマンガを描くことにした。これを一緒に少しずつ描き進めていくうちに、彼女はどんどん地を出してきた。ものすごくひょうきんな性格なのだ。これはアキヒロ以上だった。変なことを言って笑わせるわ、プロレスの技を使っていたずらしてくるわで、実はとても愉快でおてんばな人だということがわかった。

引っ込み思案で、友だちが少ないのは、恐らくお母さんがいないので、学校が終わったらすぐ家へ戻って家事をしているせいじゃないか、と僕は思っている。

そんなアユミさんがいなくなってしまう。共同の野球マンガを早く完成させなきゃな、とまっ先に思った。いや、そんなのよりもっと何かやり残したことがある気がした。何だろう？　思いをめぐらした。そうか、それかもしれない。

「ね、アユミさん、ちょっと一緒に来てもらえる時間ある？」

「え？　いいけど、どこに？」

「今は内緒。アキヒロもそこに来るから。何か、メモ用紙あります？」

僕は素早くメモに『アユミさんと先にロストシティに行く、ケイタ』と書いた。彼女がそのメモをのぞいた。

「何なの？　ロストシティって」

「来てもらえばわかる、さ、早く」

そうなのだ。僕は、彼女にあの秘密基地を見せてあげようと思いついたのだ。何故だかわからないけれど、もう会えなくなるのだったらなおさらだ。『三人のオキテ』を破ることになるけれど、今回は緊急時だから特別だ。罰があるなら甘んじて受けよう。

アユミさんを後ろの荷台に乗せて、僕は自転車を走らせた。アユミさんは、事情がつかめずキョトンとしていたが、そのうち頬に風があたるのが心地良くなったらしく、小さな鼻唄が聞こえてきた。

ちらっと後ろを振り向くと、彼女の短い髪が風になびいていた。フワッと甘い香りを背中越しに感じた。母や妹に近い匂い。同級生の女の子の匂い。いやそれよりも、高校生になっている四つ年上の親戚のマキコさんの香りに似ていた。でも、それよりも何かちょっと甘酸っぱい感じ。

空気に消える彼女の口ずさむメロディを懸命にすくい取りながら、僕はペダルを漕ぎ、この一帯で唯一舗装されている国道を走り続けた。

バス停を過ぎ、使われなくなった小学校の旧校舎を過ぎ、両わきに広がるホップ農場を過ぎ、ススキ野原の手前の倒れかけた有刺鉄線の柵の所に着いた。自転車をいつもの林の隠し場所に置き、タカシの自転車がまだないのを確認し、ススキの中のケモノ道を小枝の棒で前方の蜘蛛の巣を払いながら、二人で駆け足で進む。黄色と黒の混じったジョロウグモの立派な巣が一晩ででき上がっており、むやみに走ると顔や体に、拳くらいの大きなジョロウグモがくっついてしまう危険性があるからだ。

「ねー、もうそろそろ、どこへ行くか教えてくれても……」と、しびれを切らした彼女が言い出した頃に、ちょうど崖にたどり着いた。

「キャッ」彼女が驚きの声をあげた。

そりゃそうだろう。大体ススキがいきなり途切れて目の前が断崖絶壁になってるのだって相当ビックリものなのだ。そのうえ、崖下に広がる想像もできない光景に驚くなというほうが無理な話だ。

「何これ、すごい！」反応は最初の僕らと同じだ。

「これが〈ロストシティ〉さ。僕らが見つけたんだ」

「すごいね、こんな大きなゴミ捨て場見たの初めて」

ゴミ捨て場かー。そりゃーま、その通りなんだけどね。

「さ、これからが面白いところ」と言って、僕は崖の山道を降りようとした。

そこで気がついたのが、女の子は急斜面の崖を僕らみたいに軽々とのぼり降りできないってこと。彼女の手を握ってガイドしながら降りてゆく（ちょっと大人の外人さんの気分だ）。

その時の手の感触が、とても柔らかく、弱々しく、何か切なかった。

怖がらせないようにゆっくりと山道を渡り、谷底に降りたち、〈バス地区〉へ連れていく。

「ここが秘密基地〈指令室〉。となりに見えますのが、〈作戦室〉」とバスガイドのように説明しながら、中に入り、照明用のプラグを差しこみ、発電機をまわした。赤や黄色のライトがパチパチとまたたきながら点灯し始めた。内部がほのかに明るくなって二人を照らした。彼女の目が輝いた。

「すごーい、きれいじゃない。クリスマスみたい。これまさか、ケイタ君たちだけで全部作ったの？」

「うん。マイクさんって人も一緒だったけどね」

「マイクさん？　あ！　あんたたち、ひょっとしてこの間ここに泊まったでしょ？　あー、食べものがなくなったのもそのせいね。何か変だと思ったんだー」アユミさんが勘づいた。さすが察しが早い。そこでここ〈ロストシティ〉での一部始終を白状して聞かせた。

「へー、よかったねー。面白い経験したねー。何だからやましいなー。私もその夜、参加したかったな」

「ごめんね。秘密にしてたから……」そうか、アユミさんも来たかったのか。もしそうなってたらもっと楽しかっただろうにな。

　バツが悪くなったので僕は話題を変えた。

「あのさ、もう一つ見せたい場所があるんだ」とバスを出て、再び彼女の手をつかんで〈もうエスコートの必要はないのだが〉、鉄屑の隙間を障害物競走のようにすり抜け、〈見張り台〉の下まで案内する。

「この上が見張り台になっててさ、眺めがすごーっくいいんだ」と僕が手製ハシゴをのぼり始めると、下で見上げている彼女は、さすがに躊躇《ちゅうちょ》していた。

「だいじょうぶ、あぶなくないから」と説得して、手を差し出し、引っ張りあげる。彼女もおっかなびっくりだが何とかのぼりきり、座席シートに座り、あたりの鋼色《はがねいろ》が織り成すパッチワークみたいな風景に歓声をあげた。

「すごいネ。何だか、別世界にいるみたい」

「滅亡した未来都市って感じでしょ？　ここにいるとさ、誰もいなくなって、人類最後の生き残りになった気分になるんだ」

「そうだね、何か寂しげだね」アユミさんが吐息のようにつぶやいた。

　しばらくの間二人はだまって、澄んだ青ガラスのような空を見上げ、風が口笛を吹いているのを聞いていた。空では、流れの早い雲と遅い雲が追いかけっこをしていて、地上では砕け散ったフロントガラスやサイドミラーの破片が、太陽の光を浴びて散らばった宝石みたいにいたる所でキラキラ光っている。

遠くに見える〈ボーリング塔〉の僕らが作った「太陽の塔」を見つけて、アユミさんは手を叩いて笑ってくれた。よし、よし。

ふと、彼女を見ると、身を乗り出してまわりを眺めている横顔の大きな瞳と唇、薄いブルーの半袖の開襟《かいきん》シャツの胸が小さくふくれているのと、半ズボンの下の白く透き通るような素足が目に入ってきた。冷たく、無機質な、鉄屑に囲まれた一人の息づく少女。でも不思議と違和感がなかった。僕の目には彼女が鉄の王国にたった一人ぼっちで住んでいる小さな王女のように見え、胸が熱くなった。

「どうしたの？」僕の視線を感じたのか、彼女はこっちを振り向いて言った。

「あ、いや、別に」僕は口籠《くちご》もって下を向いた。彼女がくすっと少し笑ったのを感じた。

「ねー、ケイタ君、どうして私にここを教えてくれたの？　三人だけの秘密だったんでしょ？」少したって彼女がふと思い出したように尋ねてきた。

「うん、どうしてかよくわかんないんだけどね」僕は考えたがちゃんとした答えは見つからなかった。「何かさ、もう会えなくなるんだってわかったら、どうしようもなく、アユミさんに、ここ見せたくなったんだ」

「そうなんだ、ふーん」と彼女は表情を変えず、遠くを眺めていた。

「つまんなかった？」僕はおずおずと尋ねてみた。

「ううん、とっても楽しかった。ていうより、嬉しかった。——ありがとう」と言って彼女は少しうつむいた。

「——そうだよね、私たち、同志だもんね」と長い間をおいて、彼女は僕のほうを向いて笑った。ドキッとした。今まで見たことのない不思議な笑顔だった。どう言ったらいいんだろう。少し悲しげで寂しげな、でもどこかサバサバした笑顔。僕が風邪で寝込んでいる時に看病する母の笑顔に少し似ていた。

「ドウシ？」僕は訊いた。

「同じ目標を持った者たちってこと」

「うん、そっか、そうだね」

「もっと、たくさん一緒にいられたらよかったのにね」

「うん、そうだね」

何だか、彼女をギュッと抱きしめたくなった。でも、それはしなかった。できなかった。何故だかわからなかったけれど。

「『マンガ家入門』返さなきゃね」僕は言った。

「いいよ、あれケイタ君にあげる」

「え？　いいよ」

「だめ、マンガ描くのにあれ絶対必要だから、持ってたほうがいい」

「ホント？　いいの？」

「いいの」

「ホントに？」

「ホントに！　もう、くどい」

「――うん、わかった。それじゃーもらっちゃうね。ありがとう」

「絶対マンガ家になろうね」

「うん、そうだね。がんばろう」僕は、うなずいた。

「――もう降りようか。そろそろみんながやってくる」

「うん」

見張り台から僕らが降りきった時、憮然《ぶぜん》とした顔でタカシが正面に立っていた。ま、見つかるのは覚悟の上だ。「やっ」「おう」二人は軽くけん制。

「こんにちは、タカシ君、弟がいつもお世話になってます」状況を察知して、アユミさんはいつもよりていねいに挨拶した。

「あ、どうも」タカシもちょっと気まずそうに頭を下げた。

「話がある」と僕。

「俺もだ」「俺のほうが先だ。アキヒロたちが引っ越すらしい」

「えっ？」虚を突かれて、タカシもさすがに驚いた顔をした。

「あの私、そろそろ帰るね。ごめんねタカシ君、君たち何かこそこそやってるんで、ケイタ君とっ捕まえて白状させてここに来たの。秘密誰にも話さないから、勘弁してね」と言って彼女は帰ろうとした。そんな話、嘘だというくらいタカシにはわかるってもんだ。

「送るよ」と僕。

「あ、大丈夫。もう道わかったから」

そこへ、アキヒロが息せき切って崖の上に現れた。相当あわてて来たのだろう。

「おねーちゃん……」

「おっす」アユミさんが困惑しているアキヒロに向かって、軽く敬礼しておどけてみせた。

「おいアキヒロ、悪いけどアユミさんを、家まで送ってやってくんないか？」と僕。

「あのよ、おねーちゃん、とりあえず自転車隠してあるとこまで送っていくからよ、あとは俺の自転車乗って一人で帰ってくれ」

「うん、わかった」

アキヒロも、僕とタカシの緊迫した状況を飲みこんだらしく、すぐにでも戻ってきたい様子だ。

「引っ越しの時、見送りに行くよ」と僕は言った。

「あ、いいよ、いいよ、悪いから」とアユミさん。

「でも、アキヒロだって、学校のみんなにも知らせてないんだろ？　せめて、俺らだけでも行くよ。な、タカシ」タカシに同意を求めた。

「おう」意外とタカシはすんなり答えた。「あったりまえだろ」

「ホント？　ありがとう、アキ、よかったネ。——じゃね」

姉と弟はススキの野原に消えた。

010

JUNK JUNGLE KIDS
CHAPTER 010

「お前、アキヒロのねーさんと付き合ってんのか?」二人きりになって、低い声を出しながらタカシが詰め寄ってきた。

「え? んなわけないだろ」予想もしない問いかけに僕はあわてて否定した。「――とりあえず、話はアキヒロが戻ってからにしないか?」

「ふん」奴はふて腐れたが、了解はしたようだ。

タカシの声が最近かすれている。このかすれ声が終わると声変わりになるのだろう。僕らの中では一番早い。そういえば奴、最近オチンチンの皮がむけたとか言って騒いでいた。お兄さんが二人もいるタカシは、いっぱしの大人になったと喜ばれ、からかわれたと言っていたが、男兄弟がいない僕はそれが一体どういうことなのか、いまひとつよくわかっていない。何となく取り残された気分でちょっと焦る。

アキヒロはアキヒロで女の裸を見たことがあると言って自慢してたっけ。僕やタカシはずっと自宅に風呂場があるが、アキヒロは去年までお姉さんと一緒に銭湯の女湯に入っていたからだ。幼い顔つきと小柄なため難なく女風呂に入れたアキヒロは、体を洗うふりをしてまわりを盗み見ていたらしい。

「何だか妙にオチンチンたっちまうんだよな」と奴は言っていたが、僕とタカシはうらやましがった。

「で、どうなのよ?」タカシが冷静をよそおってアキヒロに尋ねる。

「どうって?」アキヒロがとぼける。

「だからー、女の裸はどうなってるのかっていってんだよっ」タカシがヤキモキする。

「普通さ、大人の男と一緒であそこにもじゃもじゃ毛が生えてるだけさ」

「でも、おちんちんはないんだろ?」

「バッカだなー、そんなのあたりまえだろ」

「うーん、そこんとこがよくわかんねーんだよな」タカシがうなる。

「上の方は?」僕も真剣に訊く。

「上の方って、おっぱいか? 俺らがかよってた銭湯、ババアばっかりだったから渋柿みたいなもんばっかだったけど、たまに若い女の人がいて、プルンプルンしてんだ。たまんねーぜ」

「ふーん」

「ちっきしょー、ヌード見てみてーよー!」タカシが手をワシャワシャさせながら、雄叫びをあげた。

僕はといえば、アキヒロと一緒に女湯に入っているのがアユミさんなんだと気がついて、何だか下半身がムズムズしたのを覚えている。

そんなことを思い起こしている間にアキヒロが息をはずませて戻ってきたので、ドキッとして想いを打ち消した。

奴は全速力で走ってきたらしく、しばらくかがみながら暑さにだれてる犬のようにゼーゼー舌を出して息を整えていた。

「ずいぶん早かったたな」タカシが言った。

「一本道だからな。おねーちゃんがあとはもうわかったってゆうから、俺の自転車のカギわたして途中で引き返してきた」

落ち着きを取りもどしたのか、アキヒロは深呼吸したあと僕に向かって話しだした。

「さあ、ケイタ君や、どうゆうつもりなのかきっちり話してもらいましょうかね」自分が戻るまでは話が進んでいないと察しているらしい。姉弟そろって、勘がいい。

三人全員集まったので、秘密基地の〈指令室〉に隣接している〈作戦室〉に窓をわたって移り、そろってシートに座った。こういう時こそ〈作戦室〉を使うのが相応《ふさわ》しい。といっても〈作戦室〉は、今や物置きがわりになっていて、〈ボーリング塔〉や〈バラック地区〉から見つけてきた使えるもの使えないものがごっちゃになって置いてあるだけだった。ロビンソン・クルーソーが難破船から無人島へ持ち帰ったようなものだ。
・木製の行李《こうり》
・閉まらないジュラルミン製の金庫

・何かの大会のトロフィー
・壊れた拡声器
・使い古したボーリング・シューズ
・中山律子のサイン入りボーリングのポスター（サインも印刷だった）
・テレビ、冷蔵庫、扇風機（試してみたがやはり壊れていた）
・由美かおるの写真入りのホウロウ看板
・蹄鉄《ていてつ》（手裏剣として飛ばして遊べる）
・花火の残り
・秘密基地作りの時に使った工具類

最初、僕が先手を打った。ここはもう謝るに限る。

「ゴメンナサイ、『三人のオキテ』を破ってしまいました。一〇〇％僕が悪いです。煮るなり焼くなり、どうとでもしてください」

「この野郎、開き直りやがったな」タカシが冷ややかにつぶやいた。

「そうさ、悪いさ、マイクさんも『三人のオキテ』を守るべしって言ってたじゃねーかよ」とアキヒロ。

「だからあやまってんだろ」

「あやまったからってすむ問題じゃねーよ」

「そーだよ、あやまってすむなら、坊さんいらないっていうじゃんか」そのことわざちょっと違う気がする。

「じゃ、どうすりゃいいんだよ」

「さぁーて、どーしましょうーかねー」二人は顔を見合わせた。

「だいたい、何でおねーちゃんをわざわざ〈ロストシティ〉に連れてこようなんて思ったんだ？」アキヒロが素朴な疑問をぶつけてきた。

「お前、アユミさんにホの字なんだろう」とタカシ。

「そんなんじゃないってば」そんなんじゃない。そんなんじゃないんだけど、――何なんだろう。

「俺も、よくわかんないんだよ。――でもアキヒロとアユミさんが引っ越すって聞いてさ、いなくなるってわかったら、いても立ってもいられなくなって、やり残したことがある気がして、アユミさんに何かしてあげなくちゃって思って、気がついたらここに連れて来ちまったんだ」

「何だそれ、全然意味わかんねーよ」

「まーな、ウチのねーちゃんもさ、ケイタをけっこうー気に入ってたからな」

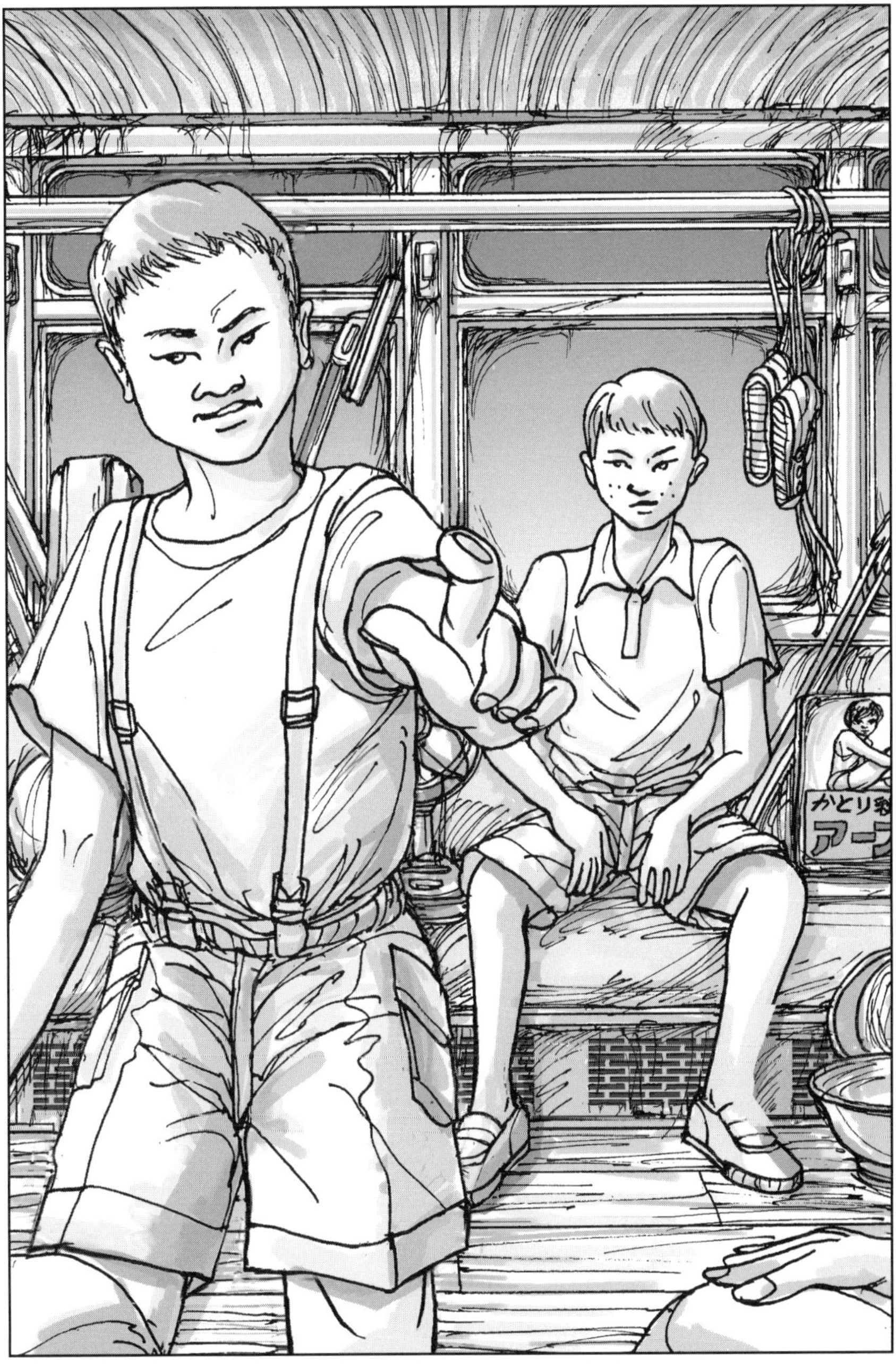
かとり
アー

僕は顔が少し火照るのを、ばれないようにソッポを向いた。

「ねーちゃん、さっき何だか知らないけど、喜んでたぜ。ここを見れたっていうより、連れてきてもらったことがすげーうれしかったみたいなんだナ。だから、まー、俺はあいつの弟だからよ、どちらかというと、裏切られたっていうよりサンキューって感じで、あんまり頭にきてないんだけどな」とアキヒロがタカシに向かって話した。

「ちぇっー」タカシは舌打ちをした。「でも、いずれにしろ、オキテを破ったんだからな。やっぱちゃんと罰は受けないとな」

「そりゃま、そうだけどさ」

「ゲンコか?」タカシが耳の中を小指でほじくりながらアキヒロに言った。

「シッペ、っていう手もあるぜ」

うー、あれも痛い。

「シッペなんかじゃ、なまぬるい。やっぱゲンコだな」

うー、やっぱ、そうきたか。

「いいよ、しかたないもんな」と僕。覚悟はしていた。

「グーでだぞ」

「わかってるよ」

「思いっきりだぞ」

「いつもそーだろ」

「今日は本気だぞ」

「いいから早くやれよ」

「メガネ取れよ」

うわー、痛そうー。

僕は観念して立ち上がる。目をつぶった途端、強烈な衝撃がこめかみにきて、頭がツーンとした。目から涙がにじんだ。確かに、いつもより痛みが違う。

「じゃ、俺も」アキヒロの声がした。ゴンと衝撃はあったが、あまり痛くなかった。手加減したのだろう。

「約束は約束だからな。やっぱ、オキテは守らなきゃな」タカシは少々ばつが悪いのか、妙に言い訳じみたことを言った。

「オキテっていったって、こいつがいなくなって二人になっちゃうんだぞ。そうだアキヒロ、お前何で引っ越しのことだまってたんだよ。いきなりだから、びっくりしたんだぞ」メガネをかけ直し、ヒリヒリする額を手でなでながら僕は、ほこ先をアキヒロに変え、反撃に出た。

「そうだよ、知らせてくれたっていいだろ。いつ引っ越すんだ?」とタカシも加勢。

今度はアキヒロがモジモジし始めた。

「あさってだってさ」と僕が代わりに答えた。

「あさってだー？　すぐじゃん」タカシがあきれた。

「そうだよ、お前んちに行って突然ダンボール箱見せられて、俺だってワケわかんなくなって、それでアユミさん連れてきちまったんだからな」もうメチャクチャな反論である。

「何だよ。俺が言わなかったのが、悪かったってのかよ」とアキヒロ。

「そうさ、ぜーーんぶ、お前が悪いんだ」僕はわざと意地悪く言った。

「ちぇー」

「でもよ、水臭いじゃん。友だちだろ？　何で教えてくんなかったんだよ」タカシがあらたまって訊いた。

「うん……」

「うん、じゃねーよ、どいつもこいつもコソコソしやがってアッタマくるなー、もー」タカシはドンと座席シートの下の鉄板を蹴った。

　バスが少し揺れ、天井からホコリが舞った。

「だまって行っちゃうつもりだったのかよ？」

「……できることならな」とアキヒロ。

「ふざけんな、そんなんならさっさと行っちまえ」ふくれっ面のタカシがいよいよ癇癪《かんしゃく》をおこした。

「ちょっと待てよ、タカシ、落ち着け」僕がなだめた。「お前、何でそんなに隠したがるんだ？」あらためてアキヒロに問いただした。

「だってよ」長い沈黙があった。「だって、いやじゃん、別れるの。別れたくないじゃん。

――だったら、できるだけスパッと終わりたかったわけよ」

「何だよ、それ、それで気がすむのかよ」とさらにタカシ。

「すむわけねーだろ！」今度はアキヒロが驚くほど声を荒らげた。

タカシが珍しくひるんだ。

「すむわけねーけど、しょうがないじゃん。

――俺んち、お父ちゃんとねーちゃんだけだろ？　いっつも寂しくてさ、寂しくて、寂しくて、そういうものが心の中にどんどん降り積もって満タンになるんだ。満タンになっちまうと胸がものすごっく苦しくなって、だからそういうものを何とか払いのけるために、お父ちゃんとかねーちゃんをもっと好きになって安心しようとするんだ。安心して、寂しさが入りこまないようにがんばるんだ。がんばって、それでも、まだ足んなくて、友だちなんかも好きになって、ここにいてもいいんだって思いこむようにするんだ。――でも、すぐ別れなきゃいけなくなるだろ？　転校とかで。そうするとせっかくホッとして安心してた心が、ポッカリなくなって、また寂しさが積もってくるんだよな。そんなんなら好きにならなきゃよかったって思うぐらい、切なくなるんだ。その繰り返しでよ。ホント、つらくてたまらないんだ。でもよ、俺そうしなきゃ生きていけないんだよな。つらいよな……」最後は、もう言葉になっていなかった。

アキヒロはうつむき、声を殺して、鼻水を垂らしながら泣きじゃくっていた。

こいつ、いつもどうすることもできないひとりぼっちの気持ちと必死に闘っていたのだろう。そして闘いに耐えられなくなった時、こうやってこらえて泣いていたのだろう。そうするしか方法がなかったのだ。そう思うと僕は胸がギュッと締めつけられる思いがした。

バカなやつだなー。そんな泣き方しなくたっていいのに。

タカシを見ると同じように感じていたのだろう。奴もうつむいていた。

僕らはただじっと、三人最後の時を噛みしめていた。

澄んだ水のような風が僕らの体を通りすぎていった。

o11

Junk Jungle Kids
Chapter 011

ドキッとするほどの強烈な光の亀裂が空から突き刺さってくる。

その一瞬あと、まるで運動会を知らせる朝の大砲のような破裂音がいたる所で鳴り響き始めた。この季節恒例のカミナリだ。空全体をかき氷のような雲が覆い始めた。この様子だと、もう少しでどしゃ降りの雨になる。

よりによって今日はアキヒロたちの引っ越しの日だ。

いつもなら学校のクラスのみんなで『お別れ会』を開くものだが、今は夏休みの最中だし、こんなに急に引っ越しされたら準備も何もできたもんじゃない。もっともアキヒロも先生に誰にも知らせないでほしいと頼んだようだ。何となくわかる気がする。僕も二回ほど引っ越しを経験したが、『お別れ会』ほどこっ恥《ぱ》ずかしいものはなかった。でもアキヒロの場合、もっと深い思いがあるのだろう。だから誰にも知らせなかった。きっと二学期になったら大騒ぎになるだろうな。

アキヒロたちの家へ着いた頃には、案の定ポツリポツリと大粒の雨が降り始め、乾いた地面にスポンジのように染みわたっていった。荷造りはすでに終わっていて、荷物用のトラックはもう先に出発していた。アキヒロとアユミさんと、お父さんが残って空っぽになった部屋の掃除をしたり、手伝いにきている近所のおばさんたちと最後の挨拶などをしていた。

お父さんには何度か会っている。ガッチリとした体格で厳《いか》つい顔をしているが、実際はとても気さくで大らかな人だ。

「ああ、ケイタ君だっけ？　いつも子供たちと遊んでくれて、ありがとうな。——せっかく仲良くしてくれたのに、ちょっとしかいられなくてすまなかったね」と僕の肩を軽く叩いて挨拶してくれた。

「あ、いえ……」僕も軽くおじぎをした。

彼らの今度の引っ越し先は、この町から遠く離れた海岸沿いの町で、大きな工業地帯になっている所らしい。そこでずっと住み続けられればいいのにと僕は願った。

アユミさんとは、あれから毎日会って、共同で描いていた野球マンガを完成させようとした。でもさすがに引っ越しの準備が忙しかったりして、結局完成しなかった。その原稿は彼女にあげた。

年季の入った大人用自転車で、水しぶきをあげ、ずぶ濡れになりながらタカシがやってきた。急ブレーキをかけて止まり、僕の差していたカサに強引に入りこんできた。

「あ、バカ。入ってくんなよ」

「いいだろ、入れさせろよ」

「カサぐらい持ってこいよ。気が利かない奴だな」

「何だよ、ケチケチすんなよ」

「あーあ、もー、濡れちゃうじゃないかー」

二人の言い合いをアキヒロが笑って見ていた。考えてみれば、内気だった僕が、タカシとこんなふうに互角に話せるようになったのも、アキヒロのおかげだったのだ。

僕は、ぼんやりと三人が仲間になった経緯を思い返していた。


僕らが住んでいるこの町は、市の中心部からバスで一時間ほど離れた所で、以前は人口の少ない農業と林業の町だった。タカシはここで生まれ育った。ところが、ここ何年か前から開発が進み、住宅や団地などが建ち始め、よそから人が移り住んできた。僕やアキヒロの家族もそうだ。父親が公務員の僕の家族は一年半前にここに引っ越してきた。急激に人口が増えたせいで、学校も新校舎を造ることになった。それでもまだまだ人数は少なく、当時僕ら五年生は、たったの一六人しかいなかった。今でこそ、そこそこ仲が良いが、その頃は昔から住んでいた生徒と、あとから来た生徒のいざこざが絶えなかった。

タカシの僕への乱暴は、その辺にもあったのだと思う。小突く、蹴飛ばすあたりは序の口で、歩いている足を引っかけて転ばせたり、「悪りぃ、手がすべった」とか言って黒板のチョーク消しなどを顔にぶつけたりすることもざらだった。特に僕はいじめられても先生に告げ口をしなかったので、安心して乱暴できたのだろう。

今年の始業式で、六年になった僕らの学年にいっぺんに一二人の転校生が来ることがわかった（その中にアキヒロがいた）。一六名のクラスが、一挙に二八名に増えるのだ。これにはクラス全員が浮き足だった。転校生たちが教室へ入ってくる前から浮つき、大騒ぎになってしまった。引っ込み思案だがオッチョコチョイな僕もその熱気につられ、調子に乗ってしまった。

が、そのタイミングがズレてしまった。先生が転校生を連れて教室へ入った時、みんなは落ち着きを取り戻していたが、僕は一人まだ騒いでいる最中だった。当然、先生に大目玉を喰らい、廊下に立たされ、大勢の転校生の前で大恥をかく羽目になってしまった。

それをアキヒロが見ていた。（ああ、俺と似たようなお調子者がいる）、その時そう思ったらしい。その日のうちに僕に声をかけてきて、次の日には友だちになっていた。

次に、アキヒロはタカシに目をつけた。転校慣れしているアキヒロは、どうすればいかに早くクラスに溶けこめるか、という術《すべ》を身につけていた。有名人の物まねなどもその一つだったが、まずはクラスのリーダー格と仲良くなるのが一番てっとり早かった。それがタカシだと思いこんだ。だが実際はクラスを仕切っている奴は別にいた。タカシはどちらかというと一匹狼的な存在だったのだ。つまり、僕にしろタカシにしろ、アキヒロの勘違いから付き合うようになったわけだ。

とはいえ、仲良くなったのだから仕方がない。僕らの仲はギクシャクとしながらも続いた。ただ、その時点では、僕とタカシは、まだ対等な間柄とは言えなかった。

五月のある日、給食の時間に担任のイワマ先生が、ふとある提案を持ちだした。

「今日は天気もいいから、五、六時間目は丘の上展望台公園に全員でピクニックでも行くか?」みんなは歓声をあげた。先生としては転校生と在校生の親睦を深めようというアイデアだったのだろう。ところが公園は有料だ。全員の入場料を先生ひとりが負担するのは、ちょっとした痛手だ。

「どうだ? お前らの中で、どこかこっそり入れる抜け道とか知らないか?」若く破天荒なイワマ先生は、これぐらいのことなら平気でやっちゃう先生だったのだ。

僕はおずおずと手をあげた。実は転校してからこの町をくまなく探索していて、「抜け道」を偶然発見したのだ。

と、同時にタカシも手をあげた。僕らの視線が合った。奴は意外そうな顔をした。「ふーん、お前も知っていたのか。俺だけの秘密だと思っていたんだけどな」と言いたげな顔だった。

タカシと僕が先頭に立って、学校から公園の秘密の抜け道へ向かう。何だか妙な気分だった。公然と無銭入場するのだから。でも、ちょっと自慢げな気分。田圃のあぜ道を通り、ポプラ並木を抜けると頑丈な金網の柵が公園を囲んでいた。その柵を支える柱が一ケ所だけ根こそぎ倒れている所があった。火山灰の地面が雨が降る度に流されて、ちょうどそこにあった柱をコンクリートの土台ごとえぐり取ってしまったのだ。呑気な公園の管理者はそれを知らないのか、知っていても放ったらかしにしているのだろう。

これが僕とタカシの見つけた秘密の侵入口だ。

僕ら生徒と先生合わせて二九人は展望台公園の敷地へまんまとタダで入り、一般客に紛れこみ、何喰わぬ顔でレクリエーションや円陣を組んでバレーボールをしたりして楽しんだ。

その後、自由時間になった時、アキヒロが寄ってきて話しかけた。「あのよ、うちのおねーちゃんがよ、中学の同級生の奴から聞いた話だけどよ、この公園の向こう側に、廃墟になったサナトリウムがあって、すげー不気味なんだってよ。そんなウワサ聞いたことある？」ちょうどそこに居合わせていたタカシが、話に首をつっこんできた。

「その話知ってる。俺んちの兄ちゃんもそんなようなこと、前に言ってた」

「サナトリウムって何？」僕は尋ねた。

「何だ、お前知らないのかよ。病院のことだよ」とタカシ。

「病院っていうか、結核とかいう病気を持ってた人たちが治療してた所らしいけどな」

「何だ、それなら知ってら。俺のお父さんとお母さんはリョーヨージョ（療養所）って所で知り合ったんだって。そんなような所だろ？」僕は答えた。「怖そうだけど、なんか、行ってみたいな」

「行ってみようか」タカシとアキヒロが身を乗り出した。

場所は二人の話から総合して、何とか見当がついた。ちょうど公園の、学校とは反対側に小高い山がある。その向こうにあるらしい。さすがに、僕もタカシもそっちの方まで行ったことはなかった。

僕らはこっそりクラスの集団から離れて山へ向かい、森の中に山道の痕跡を見つけた。もう長い間使われていなかったようで、雑草に覆われ、両側から木の枝が迫ってきていた。直感的にサナトリウムへ通じる道に違いないと確信した。その道を進むと、案の定山が開け、向こう側の視界が広がった。だがそこには鉄板の塀が立ちはだかっていた。二メートルぐらいの高さの細長い鉄の板が隙間なく連なって、両方向に果てしなく続いていたのだ。恐らくここが公園の境目で、この向こうがサナトリウムなのだろう。でも、どうジャンプしたって届きそうにない。

「しょうがねー、引き返すか……」タカシがあきらめかけた。

「塀にそって行ってみようよ。また抜け道みたいにどっかに入れるとこがあるかも」僕が提案した。再びタカシが僕を見て意外そうな顔をして、「ふーん」とつぶやいた。

「よし、行ってみようぜ」アキヒロが賛同した。

「そうだな、せっかくここまで来たんだからな」

三人は山道をそれて森の奥に入りこみ、枯葉と雑草が重なって毛布のようにふわふわになっている地面を踏み進む。

しかし、行けども行けども、鉄板の壁はどこまでも続いている。どうやら檻のようにサナトリウムをすっぽり囲んでいるようだ。

これじゃいくら行っても無駄かと思った時、タカシが大きなヤマザクラの木を指差して言った。

「あの木にのぼって、枝をつたっていけば、向こうに降りられそうだな」

木の枝は四方に伸びていて、そのうちの何本かは塀をまたいでいた。

「でも、帰りはどうすんだ？」

「何とかなる、やってみよう」

僕らは木にのぼり、初めて塀の向こう側を眺め、息をのんだ。明るい日射しの下、サナトリウムの廃墟はひっそりと佇んでいた。真ん中に僕らが歩いてきた道が続いていて、その両わきに何棟かの朽ち果てた木造の建物が寄り添うように建ち並んでいた。一個の大きな病院を想像していたが違っていた。さまざまな病棟が独立して、集落のように分かれて建っていたのだ。ちょっとしたゴーストタウンだ。

ここだけまるで時間の止まったモノクロ写真のように、すっぽりと色が抜け落ちている。

「降りるぞ。いいな」タカシが意を決して言った。

「う、うん」僕もアキヒロもうなずいた。ここまで来たらもうどうにでもなれ、だ。

枝にぶら下がり、降りると比較的楽に着地できた。

三人は用心深くあたりを見回しながら歩く。

まわりは静寂に包まれ、小鳥のさえずりと風で木の葉が揺れる音だけが聞こえた。

サナトリウムに近づくにつれ、異様な気配が迫ってきた。相当前にここは閉鎖されたのだろう。風化した建物群は、モルタルの白壁だったはずの壁は色褪せ、所々剝がれ、くすんだ木の板がむき出しになっている。屋根が崩れ落ち、全体が傾いている建物もある。だが、雑草は思ったほど伸びていなかった。恐らく使っていた当時はきれいに刈られていたのだろう。軒下に繁殖したヘビイチゴだけがここでは唯一の色である真っ赤な実をつけていた。

一番大きな建物の中に入ってみる。待合室も兼ねていたと思われる広い玄関を抜けると左手に長い廊下、右手に板張りの部屋がいくつか並んでいる。ちょうど前にいた小学校の木造の旧校舎と同じ造りだ。廊下の床は、雨漏りのせいなのか腐っていて、所々陥没している。僕らは注意深くその穴を避けて、ギシギシときしむ廊下を歩き奥へ進んだ。

太陽の光が北国特有の二重窓から差しこんでいて、朽ちかけた木造の内部を照らしている。

部屋の一つに入ってみると、がらんとした室内にいろんなものが散らばってホコリをかぶっていた。レントゲン写真、壊れた医療器具、薬品のビン、ロールシャッハテストの図柄のカード、ベッドや椅子。壁のいたる所に、蜘蛛の白い卵の巣が牛乳をこぼした跡のように放射状に張りつき、天井からは、千羽鶴と思われる煤《すす》けた紙のかたまりが吊るされてあった。

所々、ガラスが割られていたり、ラクガキがあったり、タバコの吸い殻などが落ちていた。床の積もったホコリの上に足跡が付いているのをみると、誰かが廃墟になってから入ってきて遊び半分で荒らしていったのだろう。

もっとも僕らもそういう連中とたいして変わらない。何となく申し訳ない気がした。何故だかわからなかったが。

「地下室がある。降りてみよう」タカシが言い出した。廊下の一番奥が階段になっており、二階と地下の上下に分かれていた。

「大丈夫かな?」

「平気だって」と言いつつ、タカシも及び腰だ。

階段を降りて、踊り場で方向転換して下をのぞくと、地下の真っ暗な廊下の奥の天井からうっすらと光が差しこんでいた。一階の廊下の床が陥没してしまっているせいだ。僕らは明るさにつられつい奥まで入りこんでしまった。カビと腐敗した木の匂いで充満している。ふと見ると両側にたくさんのドアが並んでいる。一階の部屋より数が多い。そのうちの一つのドアが開いていた。風もないのに、ギーギーと揺れている。中をのぞいてみると、窓のない真っ暗な小さな部屋だった。ここの部屋の用途はおおよそ見当がついた。

「……霊安室だったのかな?」アキヒロが声に出して言ってしまった。

ばか。言わなくていいものを。

「そろそろ引き返そう」タカシが平静をよそおって言ったが、声がうわずっていた。僕らはとても廊下に背を向ける気になれず、ゆっくりと後ずさりしながら階段をあがった。心臓がバクバクものすごい速さで鳴っている。気を落ち着かせて、ゆっくりと外へ向かう。悲鳴をあげ、駆け出したくなる気持ちを必死に堪《こら》える。

外に出た。太陽の光を浴び、思いっきり深呼吸をした。ものすごい緊張感だった。全身に鳥肌が立ち、冷や汗でびっしょりになっていた。本当に怖かった。別に何があったわけでもなく、何か特別なものを見たわけでもなかったが、言い様のない恐怖を味わった。何か足を踏み入れてはいけない所に入ってしまった気がした。

僕らは確かに死の匂いを感じとったのだ。

三人は顔を見合わせ、何ともいえない顔をした。

でも、ちょっとした達成感も味わった。笑顔がもどってきた。

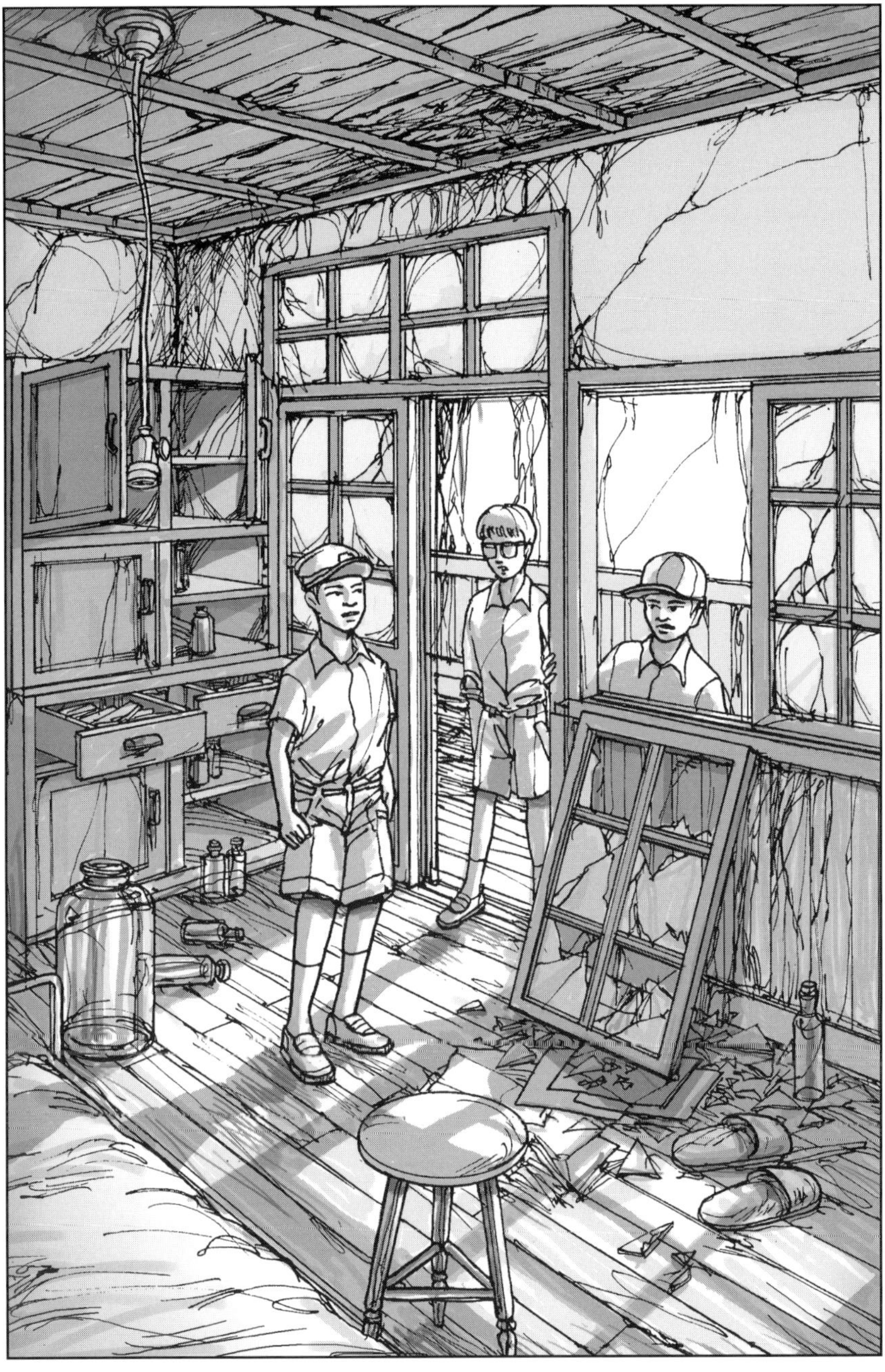

「公園に、もどろっか」

「うん、そうだな」同じ感情を共有したせいだろうか、この時点で、僕ら三人は完全に仲間になったのだ（帰りはサナトリウム側の鉄板の塀に鉄パイプが組まれていたので、簡単によじのぼれた。もどったら、僕らが行方不明になったと大騒ぎになっていた。先生にこっぴどく怒られたのは言うまでもない）。


「おい、ケイタ、何ボケッとしてんだ？」タカシに小突かれ、僕はハッと我に帰った。

「お前、もう挨拶したのか？」

「え？　いや、まだ何も」

「早く先に言えよ。お前もう来てたんだろう」メチャクチャな理屈だがしかたがない。改まってアキヒロの前に向かった。とはいえ、奴に気のきいた別れの挨拶が言えるはずもない。

「えーっと、アキヒロー」

「ん？」

「元気でな」

「おう」

「手紙よこせよな」

「おう」

「じゃな」

「おう、じゃな」

それだけだった。気が抜けるほど一瞬で挨拶は終わった。カサ越しのタカシに「あんだけかよ?」と小声で悪たれ口をたたかれた。

「ったく、俺の挨拶みてろよ」タカシの番だ。

アキヒロの前に立ったタカシは「生麦生米生卵!」といきなりどなり出した。

するとアキヒロが「生麦生米生卵」と倍の早さで言い返す。そう、アキヒロは早口言葉が得意なところもクラスのあいだでは人気だったのだ。

負けじとタカシは「かえるぴょこぴょこ、みぴょこぴょこ、合わせてぴょこぴょこ、むぴょこぴょこ!」に挑戦。しかし、ろれつがまわらずぐちゃぐちゃ。

アキヒロは難なく返す。

「この釘はひきぬきにくい釘だ」などと二人で大声で早口言葉合戦をくりひろげている。

なにやってんだ、と僕を含めまわりが呆れて見ている。

ひとしきり終えた二人は、ハーハー息を切らせていた。

「やっぱ、早口言葉はアキヒロにはかなわねーや。――じゃーな」

「ああ、じゃーな」二人はげんこつでお互いを軽く小突いた。

そしてタカシは「どんなもんだい」と言わんばかりの勝ち誇った顔をして戻ってきた。

なに勝ち誇ってんのか、さっぱり意味わかんない。


最後のかたづけがすんで、あとは彼らが自家用車に乗りこむだけになった。

雨はさらに激しさを増してきた。とても悠長に挨拶を交わす状態ではなくなり、僕とタカシは、すでに空家になったアキヒロたちの家の軒下に避難した。

そこへ、カサを顔まで深く差して、アユミさんが僕の所へ走ってやってきて、手を差し出した。

「握手」と、叩きつける雨音の中から声が聞こえた。

僕が手を差しのべると、二人の手の上に冷たい雨水が流れ出した。

アユミさんがギュッと強く握りしめてきた。そこには、この間〈ロストシティ〉の時に握った弱々しい手はなかった。もっと強い意志を持った手だった。意味は理解できた。

「とっても楽しかったよ、ありがとう。元気でね」

僕も強く握り返した。

「僕もすっごく楽しかった。アユミさんも元気で」

お互い顔は見えなかったが、確かに無言の会話を交わした。

アユミさんに出会って、僕の心のどこかにふくよかであたたかく、ちょっぴり痛いものが詰まった小さなかたまりが焼きついた気がする。

そのかたまりを確かめようと、そっと自分の胸を拳で叩いた。このかたまりは消えない。ずっと守っていこう。

彼女が車に乗りこみ、車は土砂降りの雨を割いて走り出した。窓も開けられない状態なので、流れる雨の窓越しに、二人が手を振るのがうっすらと見えた。

水しぶきで見えなくなるほどの速さで、車は遠のいていった。

何とも、そっけなく、あっけない別れだった。

「あいつらしい別れ方だったかもな」タカシがつぶやいた。

「そうかもな」そっけない別れの裏側にいろんな思いが潜んでいることを、いま僕は学んだ。

大人になるのって、何だかせつないなー。

早くも、西の空にはうっすらと青空が見え始め、黒ずんだ雲の隙間からもれた幾筋かの太陽の光の束が、サーチライトのように地面を照らし出していた。

012

Junk Jungle Kids
Chapter 012

〈ロストシティ〉での日々は、タカシと二人だけになっても続いた。

アキヒロが欠けても二人の仲のバランスが崩れる心配はなかった。二人はまるで魔術師に呪いをかけられ、おびき寄せられた夢遊病者のようにほとんど毎日かよいつめ、遊び回っていた。僕らにとってまさに魔法の街〈ロストシティ〉は、くるくると回る万華鏡のように新しい遊びや発見が無尽蔵にあふれていたからだ。

僕らは〈バラック地区〉に埋まっていたオルガンや公衆電話ボックスを、〈中央広場〉へ運んでいった。何本もそびえ立つ鉄の塊の前に備えつけたオルガンは、あたかも朽ち果てた教会に残る巨大パイプオルガンのように感じられ、頭部が赤くボディがクリーム色の電話ボックスを広場へ設置してみると、そこがまるで実際の街角のように感じられた。

〈ロストシティ〉が未来からタイム・トリップして現れたとしたら、電話ボックスはその未来へ交信できる唯一の手段だ。

「この電話が真夜中にひとりでに鳴ったりするんだぜ、きっと」と僕はタカシに嘯《うそぶ》いた。

「お前なー」タカシは本気で気味悪がっていた。「よくそんな不気味なこと考えつくなー」

さらに僕らは〈ボーリング塔〉の巨大ピンに改造を重ねた。頂上のタイヤにアルミホイルを張りつけて銀色にし、まだ残っていたミラーボールを二つ取りつけ、目玉の代わりにしてみた。これで本当に、本物の太陽の塔らしくなった。

秘密基地〈指令室〉の中もますます充実してきた。アキヒロが引っ越す時にいらないといって置いていったプラモデルやブリキのロボット、マンガ本、野球などのペナント、それと〈自動車地区〉から集めてきたモーターエンジン、マフラー、タイヤホイール、メーターやスイッチなどの大小さまざまな車の部品、鉄の破片、歯車、バスのヘッドライトやテールライトなどの照明器具を、棚の上にぎっしりと並べ、壁を埋めつくした。さらに、複雑で奇怪な形の機械部品などを天井から吊るし、気狂い科学者の実験室のような空間に作り変えていった。〈作戦室〉の向こう側の窓を開けたので、風が入口から窓、通路をわたって〈作戦室〉の窓に抜けていき、心地いい風の通り道ができた。吊るした鉄の破片たちが、風がそよぐたびにふれ合い、チャリンチャリンとさまざまな音色を奏でていて、まるで自動鉄琴演奏装置のようだ。

僕らだけの楽園、〈ロストシティ〉との日々！　なんて、なんて、心地のいい毎日なんだ！　もう、そこら中が青空で、僕らは透明で清々しい水飴のような甘い季節を思いっきり吸いこみ、味わい、浸っていた。僕らは直感していた。この光に満ち溢れた時間がどれほど大切かを。この「今」が僕の心臓を通り、毛細血管の一つ一つにまで命令を送る。

「最高の今」を楽しめ！　もう二度と楽しめない「今」。あっという間にすり抜けてしまう「今」を！　遊べ！　遊べ！　遊べ！

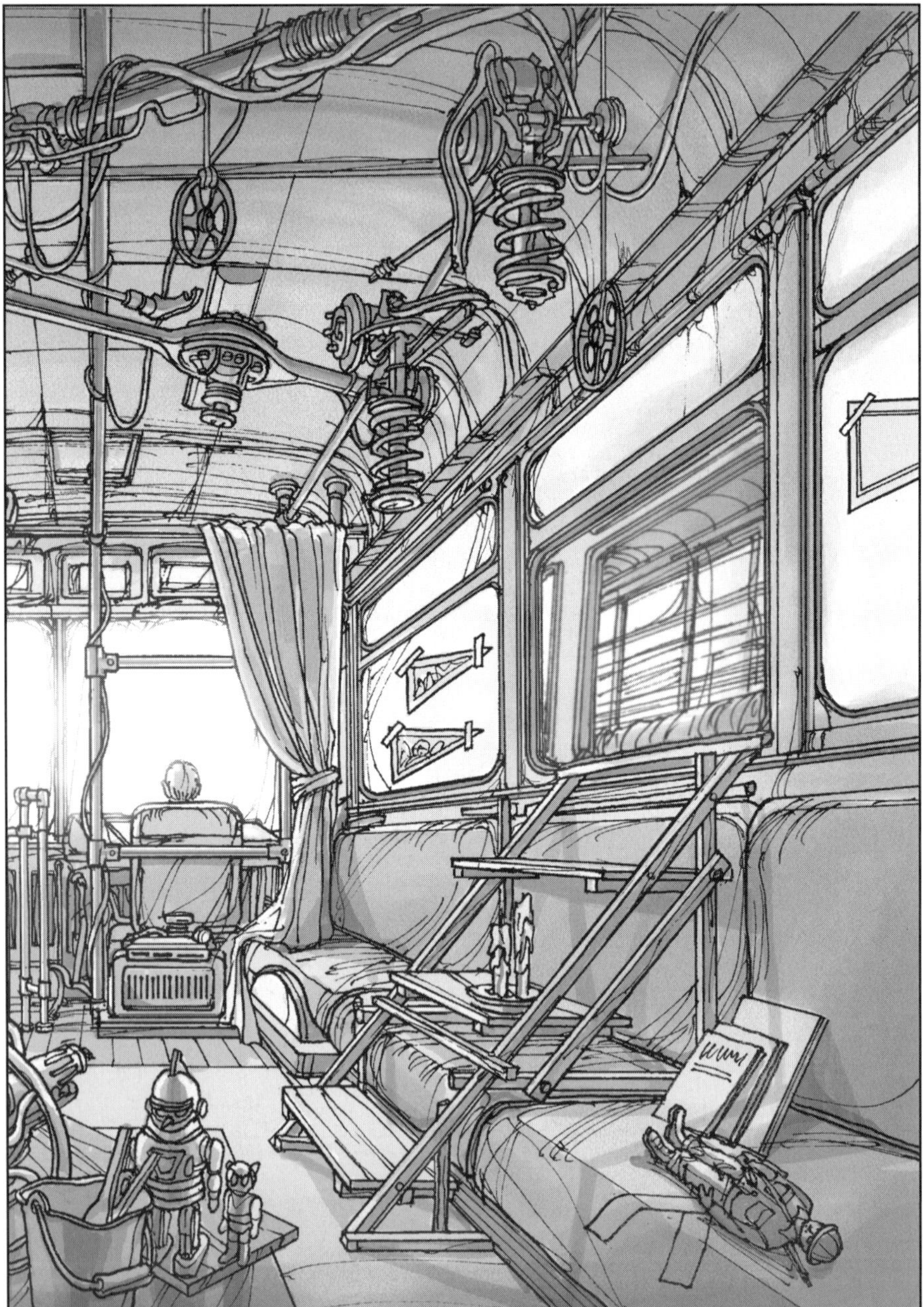

空は濃い青から薄まった水色に変わり、南風の向きが少しずつ変わり始めた。

もうすぐ夏が終わる。その時、この鉄の王国の門が閉まる。そういう宿命を暗黙の内に覚悟していた。

そう、テレビ漫画の最終回が近づいた、ドロップ缶の中がほんのわずかになってきた、まさにそんな〈ロストシティ〉との残りわずかの日々。


ところが、〈ロストシティ〉との別れは、そう簡単にはいかなかった。

想像をはるかに越える出来事が、僕らを待ち受けていたのだ。


昼ごはんを家でとるために、僕らは少しの間〈ロストシティ〉を離れた。すぐ戻るつもりだったので、二人とも秘密基地〈指令室〉のドアのカギをかけずに出かけた。

これがいけなかった。

もどって崖に着いた時、タカシが両手を半ズボンのポケットに入れてじーっと下を見つめていた。粘土細工の人形のように固まって動かない。

「なんで下に降りないんだ？」と近づいて僕が訊くと、だまったまま谷間の基地の方に向かって、下顎を突き出した。見下ろした先に見えたのは、何と基地の中やそのまわりにいすわって、うろついている何人かの人影だった。

秘密基地を発見されてしまったのだ。

「あ！　やっべー、乗っ取られちまったかー」僕はうろたえた。

「くそー、カギかけて出ればよかった」タカシが後悔した。

どうしよう。なんとか取りかえすしかない。でも、どうやって？

よく観察すると、相手は五人。中学生らしい体格のいい男子が二人（中学生といえば、僕らにとっては大人だ）、あとは僕らくらいの男子が二人と女の子が一人。全員知らない顔だ。この町の人間ではないのだろう。

こっちはたったの二人。せめてアキヒロがいれば。

タカシが一瞬僕を見た。（あーあ、こいつがもうちょっとケンカ強けりゃなー）。目が語っていた。

「ちぇっ、しゃあねーか」と吐き捨てて、ゆっくりと崖の山道をくだり始めた。

「おい、タカシ、どうすんだ？」と僕。

「あったりまえだろ、追い出すんだよ」鼻息が荒い。

「でも、あっちは五人だぜ」

「心配すんなって、お前には頼らねーよ」そう言い放って、基地の方へのしのしと歩み寄っていった。

僕では戦力にならない。一緒だとかえって足手まといになる、と踏んだのだろう。

そう言われたって、僕だって何とかしなければ。大体タカシはいつもナイフを持ち歩いている。何かしでかしたら一大事だ。

そこで僕は、僕なりの作戦をひねり出した。急いで崖の下へ降り、誰にも気づかれないようにクレバス〈地下通路〉を使って、秘密基地のもう一つのバス〈作戦室〉のほうに向かった。

タカシは〈指令室〉の前に仁王立ちになり、息を吸いこみ、思い切り大声をあげた。

「こらー！」

中にいた連中はさぞかし驚いたのだろう。中であたふたあわてているのが聞こえた。

僕はこっそりと、マイクさんが入ったと言っていた〈作戦室〉の非常口のドアを開け、バスの中に入った。隣では、「何だ、お前」「お前らこそ何だ。ここで何してる」「何してたって勝手だろう」と、思った通りの言葉のつばぜり合いを始めている。「お兄ちゃん、やだよ、止めようよ」女の子のおびえた声も聞こえる。恐らくメンバーの誰かの妹なんだろう。

僕はかがんで、息をひそめながら、隣に見つからないようにあるものを探した。一つは拡声器。壊れているが、ボリュームを上げると耳をつんざくバカでかい音だけは出る。もう一つは、一晩ここで泊まった時に使った花火セットの残り。その中にねずみ花火が何個かある。

準備している最中にも、隣はますます過熱してきて一触即発の状態。あと一歩でケンカだ。

「ガキのくせに何いきがってるんだ、あ？」

「うるせっ、ここは俺んとこだ、早く出てけ」ガンの飛ばし合いなら、タカシも負けていない。

「小学生か？　お前」

「そんなことどーだっていい。とにかく出てけ」

「やだね、お前んとこって、ここお前の土地か？　お前が買って住んでるのか？」

「んなの関係ねーだろ」

「関係なくねーぜ、そうじゃないんだったら、出てけって言われる筋合いはねーぜ」

「そーさ。お前のもんじゃねーんだったら、お前が勝手にここ作っただけじゃねーか。それって犯罪だぜ。何なら警察呼ぼうか？」相手のもう一人が加勢してきた。立派な屁理屈だ。

「何だと、こら」タカシが詰め寄る。

ここだ、今だ。僕はねずみ花火にマッチで火をつけ、隣の〈指令室〉に放り投げた。女の子がいるので可哀想だがこの際しかたがない。同時に、拡声器のボリュームを目一杯にして、隣に向けてスイッチを押した。「ギャイーン」と、耳をつんざく爆音が鳴り響き、次の瞬間パンパンパンとねずみ花火が破裂して跳ね回った。

「うわー」「キャー」隣は大混乱だ。タカシを含めた全員が右往左往しながら這うように外に逃れ、五人は一目散に逃げ帰っていった。女の子は恐怖のあまりワンワン泣き叫んでいる。そりゃそうだろう。こんな不気味な所へ来て、変な男子に怒鳴られ、あげくの果てにねずみ花火の襲来だもの。ちょっと悪いことしたかな。でも奇襲は大成功。侵入者たちは「覚えてろよ」とか「このままですむと思うなよ」とか捨てゼリフを吐きながら崖の上へのぼっていった。

タカシは、と探すと、ドアの前で尻もちをついた状態でポカンと口を開けていた。

「オイ、大丈夫か？」駆けよって訊いた。

「あ、そうか、ケイタだったかー。ああ、びっくりしたー」

やっと事情が飲みこめたらしい。

「どうだ、みごと追っ払ってやったろ」ここぞとばかりに僕は自慢した。

「おう、よくやった。お前頭いいなぁ。俺、ホントは結構ビクビクもんだったんだぜ。中学生みたいな奴相手だもんな。あのまんまじゃコテンパンにやられてたろうからな」

「お前がナイフを使うんじゃないかと思ってヒヤヒヤしたぞ」

「ああ、肥後守《ひごのかみ》か？」タカシは半ズボンの後ろのポケットをポンポンと叩いてカッコつけた。「ケンカは素手でやるもんだ。こいつは俺の御守りさ。——それにしても、あいつらゼッタイに仕返しにくるだろうな」

奴らの一人の顔にそういえば何となく見覚えがあった。確か隣町の小学校の奴だ。何度か野球の交流試合で顔を合わせたことがある。中学生らしき連中は、恐らくその小学生の兄貴か何かだろう。

「だろうな、大変なことになってきたな。ちゃんとここを守らなきゃな」

「そうさ、陣取り合戦さ。俺たちが負けてここを手放すか、奴らを負かしてあきらめさせるか二つに一つさ」タカシはがぜん張り切り出した。そしてニヤリと笑って僕の顔の前に自分の顔をねじり寄せてきた。「ケイタ。お前逃げんなよ」

僕の反応を探っているのだ。

「わ、わかってらい、逃げるもんか」僕は努めて威勢よく答えた。内心相当びくついていたけれど、こうなっちまったら仕方がない。僕は覚悟を決めた。

これはもう戦争だ。

クラスの仲間で敵味方に分かれて戦う雪合戦なんかとは訳が違うのだ。

まず、僕らは細かな戦略をたてた。奴らは必ず崖の上から攻めてくるはず。そのための応戦が必要だ。よくある手段だが、たまごの殻の中にコショウや塩を入れてテープで巻いて作る「たまごバクダン」が比較的作りやすく、てっとり早い。でもこれを手で投げただけでは崖の上まで届かない。そこで、もってこいなのがゴム製パチンコだ。これなら遠くからでも威力をじゅうぶん発揮できる。この方法は以前酒屋の裏に積んであったお酒の空ビンを、遠くから石を使って割って遊んでいたから実践ずみだ。タカシの命中率がバツグンに高い。

僕は敵の存在がより具体的になったせいか、次第にやる気がわいてきた。

来るなら来い。こんな大切な〈ロストシティ〉、手放してたまるか。

年齢も人数も向こうのほうが上回っているが、負けるもんか。


僕らの闘争本能に火がついた。

o13

JUNK JUNGLE KIDS
CHAPTER 013

次の日、空は朝からぶあつい雲がたれこめ、昼前に雷雨が始まった。

夜のうちに「たまごバクダン」をたんまり仕上げた僕は、一刻も早く秘密基地に向かいたかったのだが、そのはやる気持ちをあざ笑うかのようにどしゃ降りの雨が何時間か続いた。

昼過ぎにようやく雨がおさまり、僕は何かにせっつかれるように〈ロストシティ〉に急いだ。なぜか妙な胸騒ぎがする。雨上がりで、むせ返るような湿った空気にもかかわらず、僕の喉は乾き切っていた。ケモノ道を走ると、水を含んだススキがじゃまをするように体に巻きついてきた。

基地に到着すると、タカシが一瞬前に着いたところだった。

そこで目にしたおぞましい有り様に僕らは凍りつき、言葉を失った。

秘密基地〈指令室〉の内部がメチャメチャに荒らされていたのだ。

トタンのドアは無理矢理こじ開けられ、外に放り出されていた。中はというと、棚はなぎ倒され、吊り物はぶち切られ、窓ガラスは叩き割られ破片や部品がそこら中に散らばっていた。アキヒロからもらったプラモデル、ブリキのロボットはぐちゃぐちゃに潰され、マンガ本も踏みつけられている。無惨な光景だ。さらに奥のテーブルの上にはえげつのないことにウンコが置いてあった。ここで踏んばってひねり出したのだろう。強烈な悪臭を放っていた。

「あいつらか」タカシが低い声でうなった。

そう、あきらかに昨日の連中の仕業だ。すさまじい悪意と敵意を感じた。恐らく、奴らは今日の朝早く僕らが来る前を見計らって、計画的に襲ってきたのに違いない。出会わなくてよかった。出会っていたら血を見ていただろう。ゾッとした。とんでもない連中を相手にしていたのだ。

「くそっ、やりやがった」タカシが怒りに震えている。

「ああ、やられたな」僕は力なく答えた。

「ふざけやがって」

「また襲ってくるかな？」

「わかんねーよ、そんなこと」タカシは足で床を小突いた。

『のら黒じいさん』の洞穴を荒らしたちょうど逆の立場になったわけだ。そうか、僕らはあのじいさんに対してひどいことをしていたんだ、と今になって気づいた。

タカシが板の端切れを使ってテーブルの上のウンコを上手にすくい、バスから出て崖に向かって投げつけた。「ちくしょうー、ふざけやがって、くそったれめー」崖に向かって大声で叫び、地団駄踏んで暴れている。確かに文字通り、くそったれだ。

あとに残った僕はなす術もなく、座席シートの上にあるガラス片を払いヘナヘナと腰をおろした。床にもこなごなに破壊された残骸が、足の踏み場がないほど散乱している。

仕返しをしたくても、相手の居場所がわからなければどうしようもない。こっちは無惨に壊された基地にいて、相手のでかたを待つしかない無防備な状態だ。おまけに多勢に無勢。「たまごバクダン」程度で応戦したってとても僕らに勝ち目はない。今度また奴らが襲ってきたらここをあけわたすしかないだろう。

悔しさと空しさが、体中から込み上げてきた。せっかく作った僕らの大切な基地がこんなことで終わるなんて。

生まれて初めての屈辱感だった。タカシに意味もなく殴られても、妹とのケンカで濡れ衣を着せられ親に訳もわからず叱られても、これほどじゃなかった。

僕が戦意喪失してうなだれていると、叫び続けていたタカシの声が止んだ。叫び疲れたかなと思っていたら、ヌッと入口から顔を出しささやいた。「おい、来たぜ」

心臓がギュッと縮んだ。ついに来やがったか。

急いで外へ出てみると、〈バス地区〉の手前の道に一人の少年が立っていた。僕はタカシの半歩うしろからのぞき見するようにそいつをながめた。昨日の連中の中で一番年下っぽい奴だ。あたりを見わたしたが、ほかの連中は見あたらない。どこかに隠れているのだろうか？

「何しに来た?」タカシがぶっきらぼーに訊いた。

相手は黙っていた。

「あのバスん中、やったのはお前らだよな?」少年はうなずいた。しばらく沈黙が続く。突風が吹き、木の葉が舞った。〈バラック地区〉に捨ててあった空き缶が強風にあおられあっちこっちの廃車にぶつかり、カラカラ騒がしい音をたてて通りすぎていった。

「わかったよ、俺たちの負けだ。俺たちが出ていきゃーいいんだろ」根負けしたタカシがチッと小さく舌打ちして言った。

「違うよ」彼が叫んだ。「あやまりに来たんだ」

「へっ?」予想もしない返事に、二人は面喰らい顔を見合わせた。なんだそりゃ?

「あのバスって、君たちが作った隠れ家なんでしょ? ――こわしてゴメン」

「ゴメン、って、どういう意味だ? お前らここをぶっこわすつもりでやったんだろ?」

「みんなはそうだったんだけど、僕は違うんだ。僕はそんなつもり、なかったんだ」

少年の話した内容はこうだ。

奴ら五人はやはり全員隣町の連中で、一番年上が中学二年で長男。その弟が小学六年、妹が小学五年。奴はその妹の友だちで同じく小五、もう一人は中学生で長男と同級生の二年。この年齢の違う複雑な間柄が何故一緒にいたかというと、共通項はUコン(ラジコンと違い、エンジン付きの模型飛行機をワイヤー=有線で回しながら操作する遊び。一九七〇年代前半に流行った)仲間だということだ。

昨日、Uコンを飛ばせる所を探して隣町のはずれでもあるススキの野原に入りこみ、たまたま〈ロストシティ〉を発見した。奴自身は非常に興味を持ち谷間へ降りてみた。ほかの連中はそれほど興味はなかったが、奴につられて降りてみて〈バス地区〉の奥にある秘密基地を見つけた。ドアが開いているので入ってみていると、いきなりタカシが怒鳴りこんできた。年下にすごまれたら中学生だってだまっちゃいない。「何だこら」って一触即発になった。妹が止めに入ったが間に合わず、ねずみ花火の攻撃を浴びてしまった。たまらず逃げ帰ったが、妹が相当ショックを受けて寝こんでしまったらしい。長男の腹の虫はおさまらない。なめやがって、と思ったらしい。そこで今日の朝、みんなに徴集をかけ、バールなどの道具を持って奇襲をかけてきた。

——ということだった。

この基地を奪い取って僕らを追い出すつもりはさらさらないのだと言う。

「ホヅミさんたち（中学生の名前だろう）も『早いとこ、こんなうす気味悪いとこから退散しようぜ』って言ってたから、もうここへは来ないと思うよ」少年は言った。

そうか、僕があまりにも過激な追っ払い方をして女の子をおびえさせてしまったので、その兄貴が頭にきて仕返ししただけだったのだ。何だ、僕のせいじゃないか。

それにしても、この〈ロストシティ〉を見て興味がわかない人間なんかいるんだ。僕ら三人はいっぺんに気に入ったんだけどなー。ひょっとしたら、アユミさんもここ自体は、それほど興味はなかったのかもしれない。中学生になったら、そうなっちゃうのかな？

「でも、それをわざわざあやまるために、一人で来たのか？」僕は少年に尋ねた。

「それもそうなんだけど、——あのさ、僕も仲間に入れてもらいたくてさ。だめかな？」

「ハー？」この返事にも僕らは戸惑った。

「僕、この自動車の墓場みたいな所発見して、興奮しちゃってさ、絶対秘密基地みたいなもの作りたいなってすぐ思ったんだ。でも、もう作ってあったでしょ。それも僕が考えてんのよりもっとずーっとかっこいい感じで。すごいなーと思ってさ。だから、ホントはここ作った人と知り合いになりたかったんだけど、何でか、話がこじれちゃってこんな風になっちゃって、悪かったなって思ってるんだ。——でも、僕、ホヅミさんたちには逆らえなくってさ」

「もういいよ、怒ってないよ」タカシが折れた。

「そうさ、俺たちもちょっとやり過ぎたかなって思ってたんだ。あの時」

「僕、ユウジって言うんだ。ホントはユウジロウって名前なんだけど、みんなからユウジって呼ばれているんだ」

結局、僕らはこの少年と仲直りをすることにした。

三人は〈中央池〉へ行き、そばに置いてある椅子にめいめい座った。〈中央池〉の水は先ほどの雨で茶色く濁ってあふれ返り、火山灰に含まれている大小さまざまな軽石が水面に浮いていた。

僕とタカシは自分たちの名前と、この〈ロストシティ〉のいきさつを全部話して聞かせた。彼は興味深げにじっと耳を傾けていた。

そして三人は正式に仲間になった。新メンバー加入だ。

ユウジという少年は、僕らより一学年下のわりにはしっかりしていて、利発そうな顔だちをしていた。恰好も小綺麗で、髪も丁寧にそろえてある。恐らくいいとこのぼっちゃんなんだろう。大体ここらへんで自分のことを「ぼく」と呼ぶ奴なんていない。もっとも、ここに来る前の僕は奴のようなちょっと気取った感じだったのかもしれない（そんなとこがタカシには鼻持ちならなかったのだろう）。それがこの土地に住みついて、タカシたちと付き合うようになってからはすっかり乱暴な喋り方が身についてしまった。

「Uコン飛行機って持ってる?」ユウジ君が僕らに尋ねた。当然持っているわけがない。僕らは首を横にふった。「じゃ、今度僕のを持ってこようか？　面白いよ」今度は大きく首を縦にふった。ものすごく興味があったからだ。

「あの、ホヅミさんたちに知られるといけないから、僕そろそろ帰るね。でも、もう心配しなくていいよ。僕がうまく言っておくから。――そしたらね」奴はそう挨拶して、水を含んで黒ずんだ鉄の通りを抜け、少しぬかるんだ崖の山道をのぼっていった。

僕はピーンと張りつめていた心の糸がヘナヘナとほどけていくのを感じた。タカシも同じだった。

ふいに、僕らはこの〈ロストシティ〉での夢のような遊びから目を醒まされ、現実に引き戻された気がした。そう、最初から敵なんかどこにもいやしない、というあたりまえの現実に。そして、ここは誰のものでもなく、ましてや僕らの所有物でもなく、僕らの秘密などとも簡単に他人に知れわたってしまう、ということに。

それこそ警察に知られたら、もうここにはいられなくなってしまうだろう。

「ケイタ、この間殴って悪かったな。別に誰がここに来たってしょうがないんだよな」タカシがあらたまって言った。奴があやまるなんて初めてだ。

「いや、いいって。オキテはオキテさ。マイクさんも守れって言ってたろ」

だが、マイクさんの忠告は実は違うところにあった、ということに僕らはまだ気づいていなかった。

014

JUNK JUNGLE KIDS
CHAPTER 014

「とりあえず〈指令室〉の中のこわれたもの、さっさと片付けないとな」

「しょうがねー、そうするか」あとに残った僕ら二人は、池のほとりの椅子からポンと膝を叩いて立ち上がり、秘密基地に向かった。

あたりはまたどんよりとした空気がただよってきた。

暗く、厚く、重そうな雲が空の上から沈みはじめ、湿り気のある風が強く吹き上げ、〈ロストシティ〉が低いうなり声をあげていた。

「こりゃ、また一雨来そうだな」

「早いとこすませて、今日は俺たちも引きあげようぜ」と言って、二人は〈指令室〉であるバスの中に入った。

一瞬、立ち眩《くら》みになった気がした。いやそうではなく、バスが少し軋《きし》んでぐらついたのだ。最近雨が多いから火山灰の地盤がゆるんでいるんだろう、と思った瞬間、僕らの乗ったバスは大きく揺れながら〈作戦室〉のバスの方にガクッと傾いていった。「あ、やばい」と思った瞬間、反対側の崖にある窓をふさいでいた板が、塗ったセメントごと倒れかかってきた。火山灰の重みに耐えられなくなったのだ。さらに大量の火山灰が崖から崩れだし、ドアをこわされて開いたままになっていた入口から一気に流れこんできた。ドドドドーとまたたく間にバスの前方は土砂で埋めつくされてしまった。

いったい何が起こったのか、アッという間の出来事でわからなかった。体はこわばり、頭が真っ白になった。外では勢いよく雨が降り出した。次の瞬間、再びバスはゴゴゴと音をたてて傾き始め、〈バス地区〉のバスの列全体を巻きこみ、将棋倒しのように次々に傾いていった。そして一番向こうはじのバスがガシャーンという轟音と共に何かにぶつかったところで止まった。

〈指令室〉の中はほとんど土砂で埋まってしまった。外の光は、傾いて下になってしまった側面の窓からわずかに注いでくるだけ。時おり、カミナリが強烈な光と音を放ち、僕らの恐怖心をさらに煽《あお》った。

二人は身じろぎもせず、じっと事がおさまるのを待った。何分くらいたったろう。

「おさまったのかな?」薄暗いバスの中で、タカシの声が聞こえた。相当おびえてる声だ。僕なんか声も出ない状態。

「おい、ケイタ、大丈夫か?」

「……何とか」

「ケガないか?」

「ない、――と思う」

「びっくりしたなー」

「ううぐ」僕は答えにならない呻《うめ》き声を出すのが精一杯。

「とにかく、外へ出よう」ところが、四方を見わたし愕然とした。出ようにも出られる所がないのだ。全部ふさがれてしまった。前方は入口から流れてきた土砂でフロントガラスから運転席の所まで、全て埋まっている。このバスから窓越しにわたっていけるはずの〈作戦室〉のバスは、バス自体が谷側に傾いたために、こちらの窓と向こうの窓がずれてしまい、ほんの数センチぐらいの隙間しかない。

「おい、まずいぜ、出られないぜ」

「ウソだろ」

大変なことになってしまった。閉じこめられてしまった。マイクさんが危惧していたのは、まさにこういうことだったのだ。

「とにかく、この土砂をどかしてドアまで進もう」二人は木の板の端片をスコップがわりにして、這いつくばりながら、必死に火山灰を取り除いていった。何時間くらい掘り続けただろう。いつまでたっても入口は見えてこない。そうしているうちに発電機を掘りあてた。照明器具はこわれていないはず。モーターを動かしてみると明かりがついた。ホッと一安心したが明るくなったまわりを見わたし、改めて状況は最悪だとわかった。掘っても掘ってもあとからあとから水気をふくんだ重い火山灰が押し流されてきて、一向に減らない。とても入口までたどり着けないのだ。

　鳥肌が立った。汗と違う冷たいものが体からにじんできた。

「そうだ天井だ」タカシが気づいた。天井の数ケ所に空気孔が設けてある。無理矢理こじ開ければ外に出られるかも。傾いた天井の空気孔のレバーを押し上げた。サビついた口が少し開いた。大量の雨水がドバッとバス内部に落ちてきた。手はなんとか出る。でも体全部は抜けられない。どの箇所も同じだ。

「くそー、床はどうだ」エンジン部分の点検口が床にある。傾いた状態だから抜け出せる空間があるかも。ビリヤード布の絨毯を剝がし、開けてみる。しかし下は火山灰だらけでとても人が入る隙間などない。

　自力で脱出するのは不可能だ。

「やべーことになったぞ、こりゃー」

「どうしよう」僕は半ベソをかき始めた。

「どうしようったって」

「俺たち、ここで死んじゃうのかな？」

「バカ！　そんなこと考えるな。絶対に何かいい方法があるってば。出られないんだったら、助けを呼べばいいんだし」

「どうやって？」

「うるさいな、お前も考えろよ。俺より頭いいんだろ？」

「そんなことない」

「いいから考えろ」

考えろといったって、助けを呼ぶにしてもさっきのユウジ君も帰ってしまって声は届かないだろうし、この雨だ。この付近に誰もいるはずもなければ、来るはずもない。

底知れぬ絶望感が襲ってきた。呼吸が荒くなってきた。

「息ができなくなるのかな、空気が薄くなって……」

「バカ、空気穴からちゃんと雨が漏れてるだろ。空気の心配なんかすんな。おい、ケイタ落ち着け」タカシが僕の襟首をつかみ怒鳴った。

でも、もはや僕にはその言葉は聞こえていなかった。

僕の体は恐怖でガタガタ震え、血の気が引くのを覚えた。死神が音もなくすり寄ってきている気がした。僕は死んでしまうのだろうか？　誰にも探してもらえず、見つけてもらえず、ここで餓死するんだろうか？　それとも、この火山灰がさらに流れこんできて、飲みこまれ、押し潰されてしまうのだろうか？　そんな最悪な事態が頭に渦巻いた。

北国の田舎に育った僕らは冬の猛吹雪での遭難＝死という状況を感じることがある。視界が真っ白になり、自分がどこにいるのかわからなくなるのだ。でもそういう時には身を引き締めて危険を回避する術を身につけているので、恐怖で訳がわからなくなることはない。しかし、今はその度をはるかに越していた。

タカシも僕をはなし、二人はへたりこんだ。僕らはしばらくなす術もなく、茫然と天井を眺めていた。すさまじい雨がゴーゴーと傾いたバスを叩きつけている。

ふいにタカシがぽつんとつぶやいた。

「俺、ここを出たら真っ先に大嫌いだったキュウリを食ってやる」

突拍子もない話に僕は恐怖を一瞬忘れ、目を丸くした。タカシは話を続けた。

「俺キュウリ嫌いだろ？　知ってるよな？　どれくらい嫌いかっていうと、とにかく匂いがまずだめだから、二階の俺の部屋にいても、台所でキュウリ刻んでるのがわかるんだ」

「そういや、タカシ、スイカもだめだったよな」僕は少し落ち着きを取り戻し、上ずった声だったが返事をした。

「そうなんだ、全部あの匂いなんだ。スイカもメロンもアジウリも。何だか虫になっちまった気分にならないか？　俺んち農家なのに困るよな。でもよ、何だか一度くらい食ってみてもいいかなって気になってよ」

僕は吹き出した。

「そうだな、俺なんかコンニャクが嫌いだけど、ここを出たら食ってみてもいいかもな」

「そうだろ？　そんな気になるだろ？　あとカボチャだな。あれも食ったことないもんな」

「何だ、食ってないのに嫌いなのか？　あんな旨いもん」

「何言ってんだ。お前なんか給食ほとんど食ってないくせによ」

そうなのだ。給食で出される食べものはほとんど残している。

「そうだな。この際試しにちゃんと食ってみようかな」

「イカも食ってみるかな。スルメならいいんだけどな」

「ネギだろ、梨だろ、卵の白身。グリーンピース」

「ジャガ芋、玉葱、納豆、カレイの煮付け」

「筋子、鱈子《たらこ》、白子」

「すっぱいのもだめ。酢の物、レンコン」

「干しいも、わかさいも、大学いも」

「雷おこし。歯が痛くなる」

「堅い八つ橋。口ん中ぱさぱさになる」

「たくさんあって食い切れないな」

「これだけで腹一杯になるな」

二人は笑いだした。少し元気がわいてきた。

「お前、夏休みの宿題やったか？」さらにタカシが話題を変えた。

「やってるわけない。いっつもお前とアキヒロと一緒だっただろ。やる暇なんかなかったさ」

確かに、家に帰っても晩ご飯食べて、少しテレビ見て、布団に直行の毎日だった。

「やばいよな」

「うん、やばい。また先生に叱られる」

「早いとこやんないとな」

「何とかして脱出しよう」何だか命の危険より、夏休みの宿題のほうが重大な気がしてきた。

僕らは気を取り直し、もう一度脱出の方法を冷静に考えた。「何か出られそうな道具がないか、もう一度調べてみよう」手を伸ばしあたりをまさぐり始めた。すると火山灰に埋もれていた硬いものに当たった。ラジオだ。泥を丹念に払ってスイッチを入れてみると、こわれていなかったらしく音が出た。かすかに曲が流れてきた。外国の曲だ。何とも甘く切ないメロディの曲だ。曲の題名は知っていた。確か『西暦２５２５年』とかいう変てこな題名の曲だ。

「ラジオにＳＯＳでも送れたらなー」タカシがぼやいた。

「ＳＯＳ？　そうか、ＳＯＳだ」でも、どうやって？

「くそ、無線か、ＨＡＭ《ハム》（アマチュア無線。呼び掛けの「ハロー、ＣＱ、ＣＱ」という言葉が流行った）

か、せめて伝書バトでもいればな」僕は考えた。誰かに、どうにかしてSOSを伝えられないだろうか？

　ふと天井を見上げた。空気孔ごしに雨が止み始めているのがわかった。

「あ！」僕は叫んだ。

「わ、びっくりした。どうした？」タカシが驚いた。

「そうだ、ヘリコプターだ」

「あ、そうか、ヘリコプターがもうすぐ来るのか。でも、どうやって知らせる？　天井の穴の隙間から手を振ったぐらいじゃ、気づいてくれゃしないぜ」

「SOSさ」

「SOS？」

「アキヒロが言ってたろ。モールス信号」

「あ、何だっけ、ツーツーレロレロじゃなくて」

「バカ言ってる場合かよ！」今度は僕が怒鳴った。「確か、ツ・ツ・ツ・ツー・ツー・ツー・ツ・ツ・ツだったと思う」

「ああ、そういやそうだったかも。でもそんなもんどうやってヘリコプターに伝えるんだ？」タカシが訊いた。

「電球さ」

「電球?」

「モールス信号を光に変えて伝えるんだ。ヘッドライトがあそこにあるだろ?」僕は床にころがって半分土砂に埋まっているヘッドライトを指差した。「あれを天井の空気孔の外に出して、タカシの持ってるカガミに当てて、反射させて、ヘリコプターにその光を向ける」

「――で?」

「カガミの反射で相手を狙うのタカシ得意だろ? 俺は発電機の所にいて、スイッチを入れたり、消したりしてモールス信号を打つ」

「そうか、なるほど。やっぱお前頭いいな。――でもあのヘッドライトは飾ってあっただけで、コードはつながってないぞ」

「それは俺が、つなぎ直す。マイクさんがやってたのを見てたからわかると思う」

「そうだな、よし、やってみよう」

しかし、空気孔から外を眺めたタカシは「あー、だめだー」と絶望的な声を出した。

「え? だめ? 何で?」僕はすがるように訊いた。

「この角度からじゃ、ヘリコプターが飛んでくるのが見えない」見えないということは、カガミ光線でヘリコプターを狙えないということだ。バスが傾き過ぎてしまったせいだ。

「くそー、せっかくいけると思ったのにー」

「ちっくしょう、悔しいなー」二人は頭を抱えた。振り出しに戻ってしまったのだ。

再び恐怖がジワジワと襲ってくる。死神が冷酷極まりない顔で、舌なめずりしている気がした。

「いや、ちょっと待てよ」タカシがもう一度空気孔をのぞいた。

「この角度からだと、太陽の塔は見えるな。太陽の塔のてっぺんの顔にあるのは……」二人は同時に叫んだ。「そうだ、ミラーボールだ！」

その時、発電機がガガガと音を出し始めた。

「やばい、ガソリン切れになり始めてる」タカシが叫んだ。

「消そう、今燃料がなくなったら、全部オジャンだ」すぐに消して、タンクをのぞき、振ってみる。

「まずいぜ、もうほんの少ししかない」

「ヘリコプターって、いつ来てたっけ？」

「いつも、もうそろそろだな」

「それもやばいぜ。早いとこコードをつなげないと」

あわてて僕らは行動に移った。そう、僕らはヘッドライトの光線を、太陽の塔の頂上に取りつけたタイヤの顔にあるミラーボールに当てて、反射させようと考えたのだ。直接ヘリコプターに光は当てられないが、ミラーボールに当たった光が点滅しているのを、運がよければ操縦している人が気づいてくれるかもしれない。ほんのわずかな可能性だが、もうほかに方法はない。それに賭けてみるしかないのだ。

僕は暗がりの中でタカシのナイフを借りて慎重に作業を始めた。まず発電機からきてるコードの束を途中から切り離し、ヘッドライトの後ろについている二つの銅線にそれぞれ結びつけ、つなぎ合わせた。豆電球の配線ぐらいしかやったことがないから、もう見様見真似だ。もし結線を間違えたり銅線同士が接触してショートしたら一巻の終わりなのだ。ああ、理科の時間にもっと真面目に勉強しておけばよかった。

雨はもうすっかり上がったようだ。日射しが空気孔からうっすらと差しこみはじめた。明るすぎてもだめだ。反射する僅かな光が消えてしまう。

空の向こうからバタバタと翼が回転する音がわずかに聞こえてきた。ヘリコプターだ。もう来てしまった。やばい、行ってしまったらもうお手上げだ。

「できた」コードはじゅうぶんな長さになった。

タカシはライトを空気孔に持っていき、左手にライト、右手にカガミをつかんで空気孔の外に持ち上げた。僕は発電機を作動し、スイッチをつけた。もう、ほかのライトはオシャカだ。

タカシの持っているヘッドライトだけが点灯した。

「あちちち、これ熱いよ」

「布か何かで巻け。急げ、ヘリが行っちまう」

ヘリコプターが迫ってきた。翼の回転音にバスが共鳴して、まわりが小刻みにふるえ始めた。もう少し近くに来ると高度を落とす瞬間がある。その時が勝負だ。

「準備ＯＫ」

「よし、やるぞ」

ところが点滅を始めようとして、今度は僕が絶望的な声をあげた。「あー、だめだー」

「何だよ、たのむよ、何がだめなんだよー」タカシも必死だ。

発電機の点滅はモールス信号を打つみたいに素早くできないのだ。いったんスイッチを消してしまったら次に動きだすまで時間がかかってしまう。タカシに伝えた。タカシが少し考えて
「よし俺にまかしとけ。モーターつけたままにしとけよ」と言った。

タカシはわずかしか隙間のない空気孔から外をのぞき、遠くにある〈ボーリング塔〉を見つけ、その上部に取りつけてあるミラーボールの位置を確認し、そこ目がけてカガミ光線を放った。そしてミラーボールが反射してかすかに光っているのを確かめてから、「ツ・ツ・ツ・ツー・ツー・ツー・ツ・ツ・ツ」とゆっくりつぶやき、微妙にカガミをずらしながらミラーボー

ルに光が当たるのを調整していった。

僕はほかの空気孔からのぞき、確かにミラーボールが点滅しているのを見つけた。

「タカシ、すげー、その調子だ、がんばれ」僕は叫んだ。タカシはそれに答えず「ツ・ツ・ツ・ツー・ツー・ツー・ツ・ツ・ツ」とつぶやき続けている。いつしかそれが二人の合唱に変わった。「ツ・ツ・ツ・ツー・ツー・ツー・ツ・ツ・ツ！　ツ・ツ・ツ・ツー・ツー・ツー・ツ・ツ・ツ！」

ミラーボールはかすかに点滅し続けている。頼りないが、僕らにとっては暴風雨の荒海に向かって放つ灯台の光のようなものだ。

そのかすかな光を、はたして操縦士は気づいてくれるだろうか？

気がついてくれても、それがモールス信号とわかってもらえるのか？

わかったとしても、いたずらだと思われないか？

そもそも、アキヒロの言ったモールス信号って本当にあっているのだろうか？

いろんな不安が頭をよぎるのを、ええいと懸命に追い払った。

たのむ、気づいてくれエエエー。

ヘリコプターの反応はなかった。音をたてていつものコースをたどり、彼方へ飛んでいってしまった。気づいてくれなかったのか。

次の瞬間、発電機が断末魔の音を出して止まった。ガソリンが全て底をついたのだ。ライトが消えた。バスの中は再び静寂に包まれた。終わった。やるべきことは全てやった。

二人は空気孔から離れ、ヨレヨレと薄暗いバスの中にへたばった。口はカラカラに乾き、体はドロと汗でベトベトになっていた。

しばらくの間、火山灰だらけの傾いた床に突っ伏していた。お互い声も出ず、何も考えられなくなっていた。脱力感と虚無感が全身を覆った。もうだめなのか。

その時、遠くでパトカーのサイレンの音が聞こえ始めた。その音がだんだんこちらへ近づいてくる。(まさか)よーく耳をすます。(ひょっとして)その音が〈ロストシティ〉の門の前あたりで止まった。(警察が助けにきてくれた?)

二人はガバッと起きあがり、ありったけの声で叫び、バスを叩いた。

「おーい、おーい、ここです」

「出られないんです、助けてくださーい」

ところが、いつまでたっても反応がない。ここを発見してくれそうな様子がない。門の近くまで声が届かないのか?

「ウソだろ、帰らないで、ここにいるんだってばぁぁぁ!」僕らは半狂乱になって、泣き叫んだ。警察に帰られたら、何もかもおしまいだ。

その時だ。信じられないことが起こった。

この朽ち果てたバスのクラクションが「**パァァァァーン**」と鳴り、〈ロストシティ〉一帯に響きわたったのだ。

015

JUNK JUNGLE KIDS
CHAPTER 015

その後の出来事は、相当騒がしいものだった。――僕らは気づいてくれた警察官たちに助けられた。意外と簡単に助けられた。〈作戦室〉のバスの側面中央にある出入口用のドアを無理矢理こじ開けてもらったら、〈指令室〉の窓ごしに僕らの体が出られるくらいの隙間ができたのだ。当然厳重注意。二人ともケガはしていなかったが、とりあえず救急車に乗せられ、病院に直行。親に連絡がいって、あわてて病院に駆けつけた父にはこっぴどく叱られ、母にはオイオイ泣きつかれた。

あとから事情を聞いたら、やはりＳＯＳが功を奏したらしい。

あのヘリコプターは、実は市街の向こう側にあるＫ空港のヘリコプター教習場のヘリで、生徒を乗せて実地訓練を行うため、あの〈ロストシティ〉の上空を通るコースにしていたらしい。カリキュラムの一つに急降下→低空飛行の訓練があり、〈ロストシティ〉をふくめた草原一帯が人家もなく、絶好の訓練場所だったのだ。

あの日、操縦席にいた教官が、あの場所で弱い光が点滅しているのに気づいて光の出所を発見し、それがＳＯＳのモールス信号のつもりらしいと理解してくれた（アキヒロの話は間違っていなかった）。毎日空から見下ろしていた教官は、たとえ僕らの姿は見つけられなくても、草原のケモノ道や太陽の塔などをつぶさに眺めていたため、誰かがいつもあの場所で遊んでいるとわかっていたらしい。ＳＯＳも最初いたずらかと思ったらしいが、崖が崩れているのも気になり、念のため警察に通報してくれたのだった。

そして何より不思議な話だが、警察はあのクラクションの音を確かに聞きつけ、僕らの居場所を発見できたということだ。ただクラクションが鳴った原因は、流れてきた土砂に計器が反応したせいとか、僕らがバスを叩いた時に反応したせいとかいろいろ仮説がたてられたが、結局誰もしっかり説明できる者はいなかった。

それにしても、これら一つ一つが合わさったおかげで、二人は無事脱出できたのだ。

そう、僕らは助かったのだ！


何日かたって、ほとぼりが冷めた頃、もうすぐこのジェットコースターのような夏休みも終点に近づこうとしていた。僕はあの事故のショックが大きく、夜寝ていると壁が迫ってきて押しつぶされるという悪夢にうなされたり、食べ物を吐いたりしていた（当然嫌いな食べ物は食べずじまいだった）。そんな状態だから、〈ロストシティ〉にとても近づく気になれなかった。だが、意を決して、もう一度出向いてみることにした。散々な目にあったが、あんなに大好きだった〈ロストシティ〉だ。秘密基地があれからどうなったのか見届けなければ、と思ったのだ。タカシに電話すると、同じく気持ちの整理がついたらしく、行ってみようということになった。

家を出ようとした時、奥から「どこ行くの？」と母の強い口調の声が聞こえた。あわてて僕は「学校で野球してくる」と言い放って家を飛び出した。もし、正直に〈ロストシティ〉に行くなんて言おうものなら、すぐに止められ監禁でもされかねない。もっとも、それだけのことをしでかしたのだから、仕方がない。

ススキ野原は、初めて訪れた時にはまだ青々として穂も少なかったが、今や少しずつ色が褪せ、早くも白金色の穂が現れ始めていた（北国の短い夏はぐずぐずしない）。踏みつけてできていたはずの僕らのケモノ道は、傷口を治すみたいにそれらに覆われ、なくなりつつあった。その野原に再び分け入って崖にたどり着き、僕が谷間の向こうに見たものは、最初見つけた風景とまるで様変わりしていた。

大掛かりな撤去作業現場と化していたのだ。

大小さまざまなブルドーザーやショベルカーなどによって、廃車の塔たちは根こそぎ掘り返され、巨大なクレーン車で軽々とつりあげられ、大型トラックに積みこまれ、運び出されていた。もう何日も前から行われていたのだろう、土埃がモウモウと舞い、あたりは騒然としている。ヘルメットをかぶった大勢の作業員が威勢のいい声を出し、きびきびと作業しており、廃車同士の鉄の押し合い、ぶつかり合う音が響きわたっていた。僕にはそれがまるで悲鳴のように聞こえ、胸を締めつけられた。

人知れず静かに佇んでいただけの〈ロストシティ〉は、今や白日の下に曝《さら》され、いいように扱われている。大切で神聖な僕らだけの遺跡〈ロストシティ〉は、まるで盗賊に奪われた宝物のように連れ去られてしまっていたのだ。

動揺した。一瞬どうなっているのか訳がわからなかった。でもよく考え、少しずつ事情を飲みこんでいった。恐らく、僕らの今回の件で警察ざたになり、この不法投棄場が明るみに出たため、見て見ぬふりをしていた役所とかの人たちも対応せざるを得なくなってしまったのだろう。以前、背広姿の男たちが〈ロストシティ〉に入ってきていたのは、そういう関係の人たちで、形だけの調査をしていたのかもしれない。

大量に生産され、そして大量に破棄され、さらに一部の身勝手な解体屋によって不法に打ち捨てられていたここの車や鉄屑たちは、今度はやっとまっとうな所で処分され再利用されるはずだ、と僕は自分に言い聞かせた。きっと、これでよかったんだ。

あとから着いたタカシも、このあまりにも変わり果てた光景を見て、ア然としていたが、次第にしょうがないかというあきらめ顔に変わっていった。

「終わったな」タカシがつぶやいた。

「うん、終わった」

「楽しかったな」

「うん、楽しかったし、怖かったし、もうワヤクチャだった」

「俺、きっと一生ここのこと、忘れない」

「俺も」忘れられるものか。

ここでの出来事が、メリーゴーラウンドのように脳裏に浮かんでは消えていった。アキヒロ、アユミさん、マイクさん、ユウジ君、そして取り憑かれたように一緒に過ごした鉄の塊の一群、秘密基地〈指令室〉〈作戦室〉、〈見張り台、第一〉、泊まりこんで遊んだ一晩、〈ボーリング塔〉の太陽の塔、ケンカ、仲直り、そしてあの事故。

「あの事故、やっぱマイクさんが言ってたみたいに、俺たち〈ロストシティ〉の怒りに触れたからあんなことになったのかな?」タカシが言った。

「俺は、――違うと思う。マイクさん、こうも言ってたろ? 〈ロストシティ〉が俺たちを呼んだのかもって。きっと、ここじゃなくてちゃんとした所で眠りにつきたかったんじゃないかな、ここに在ったものたちはさ。

それに、警察の人が言ってたけどさ、俺たちが助けられたあと、すぐにバスが土砂に押し潰されたらしいんだ。だからもうちょっとでも救助が遅かったら、俺たちまで一緒に押しつぶされてたかもしれないんだって」

「じゃ何か？〈ロストシティ〉が俺たちが助かるまで、食い止めてくれたってことか？」

「うん、俺はなんかそんな気がする」

「そうか、そうかもな」タカシが思い返すように宙を見つめた「バスのクラクションだって、普通じゃ考えられないもんな」

「きっと俺たちを守ってくれたんだって」

「そうだよな、俺たち〈ロストシティ〉と仲良しだったもんな」

「そうさ、大好きだったもん。ここ、最高だった」

あんな大変な目にあっても、ここが好きだった。たまらなく好きだった。僕にとって、〈ロストシティ〉はもはや単なる車の墓場ではなく、恰好の秘密基地というだけではなく、もっともっとかけがえのない大切な存在になっていた。

奇怪で、奇妙な場所だったが、ここは徹底的に僕らを魅了し続けた。最初に出会った時は度胆をぬかれた。パンチを喰らった感じだった。そして、チョコレート色に彩られたこの場所で、僕らは遊びまくり、荒らしまくった。『のら黒じいさん』の洞窟荒らしと同じで、全く悪気がなかった。でも少し羽目を外しすぎたかもしれない
考えてみれば、『三人の三つのオキテ』は、そのまま〈ロストシティ〉との暗黙の約束事でもあった気がする。秘密にすることで僕らはここに受け入れられた。僕らという、世の中では

まだ何の意味もない存在と、世の中ではもはや存在すらも忘れ去られた〈ロストシティ〉が交わったのだ。でも僕らは、『危険な行いはしない』というオキテを守るつもりなどサラサラなかった。約束を破ったのだ。その代償があの事故だ。

確かに事故自体は僕らの無謀さで起こったことだが、その背景には計り知れない何かが動いていたような気がする。ひょっとしたら、〈ロストシティ〉こそ僕らを見守っていたのかもしれない。

だとしたら、ひょっとしたらマイクさんという人は実際には存在していなくて、僕らは〈ロストシティ〉によってまぼろしを見せられていたのかもしれない。

でも、たとえそうだとしても、僕はそういうのも全部ひっくるめてここが大好きでしかたがなかったのだ。

そしてそのかけがえのないもの、大好きだったものが、またいなくなる。それもあっけなく。今度は〈ロストシティ〉までが、何も言わずに僕の元から離れていってしまう。水平線に沈む帆船のように、少しずつかたちを変え、僕の視界から消えてゆく。

ああ、そうか。

アユミさんが見張り台で見せた、あの不思議な笑い顔の謎が泡立ちながら解けてきたような気がした。——瞬間、まわりの騒音が消え失せた。草原から風が吹いてきた。

そうなんだ、アキヒロの涙も、看病する母の笑顔も、アユミさんが胸にしまった笑顔も、すべて「思い」の距離なんだ。そしてそれは、車が投棄される前に接していた人々の「思い」とも重なる。

つづいていたかったんだ。

しょうがないってわかっていても。

ほんとうはつなぎとめていたかったんだ。

突然、胸が締めつけられ、熱いものが込み上げてきた。涙がとめどなく溢れてきた。だが不思議なことに、くしゃくしゃになった僕の顔にはふと笑みがこぼれてきた。

ああ、そうなんだ。こんな、こんな笑い方ってあるんだ。

「お前、泣いてんの？　笑ってんの？」タカシに気づかれた。――再びまわりに音が満ちた。

「うるさい！」僕は照れ隠しに毒づいた。

二人は、〈ロストシティ〉という鉄の王国の門がゆっくりと閉まっていく様《さま》を、崖の上からずっと眺めていた。

016

JUNK JUNGLE KIDS
CHAPTER 016

二学期が始まって、僕らの事件はアキヒロの転校と相まってちょっとした話題となった。クラスのみんなに根掘り葉掘り質問されたが、何せ〈ロストシティ〉そのものがなくなってしまっているので現実味がない。そんな夢見がちな二人の煮え切らない反応に、次第にみんなは興味を失い、いつしか誰も気にもとめなくなっていった。

タカシと僕とは、一緒にいる機会が少なくなっていった。元々タイプの違う二人だ。タカシはスポーツ好きやちょっと乱暴な連中と付き合っていたし、僕はもっと控えめで物静かな同級生と関わるようになって、相変わらず教室のすみっこでおとなしくしていた。でも奴が以前のような乱暴なちょっかいを僕にだすことはなくなった。それは、お互いが対等な立場にあるという暗黙の了解ができた、というだけではなく、友だちとか、仲間とか、何かもっと違う意識も、かよい合っていた。いつか死んで、生まれ変わり、何百年か先に火星かどっかで出会っても、ああ、こいつとは知り合いなんだと絶対にわかる、そんな絆ができている、という確信が二人にはあった。

新メンバーになったユウジ君には、それ以降会えずじまいだった。ちょっと気取っていて生意気そうだったが面白そうな奴だったし、何より〈ロストシティ〉の事情を知らせたかったのだが、彼がどこに住んでいるか知らないし、奴も僕らの素性を知る術もないのだからどうしようもない。あそこへ行って〈ロストシティ〉が影もかたちもなくなっていて、びっくりしたろうな。いったい何が起こったのか見当もつかなかっただろう。

アキヒロとの交流は手紙を何度かやり取りした後に、途絶えた。向こうでの生活が充実したためか、あるいは再びどこかへ転校していったのか、もはや知りようがない。でも、奴のことだから、どこへいってもあの天才的ともいえる人なつっこさで、うまくやっているのに違いない。

アユミさんとは連絡を取り合わなかったので、同じく消息は不明。マンガ家になれたかどうかも定かではない。

でも、僕は〈見張り台〉で見た彼女の遠くを眺めている横顔を、今でも忘れてはいない。鉄屑たちと相対し、調和し、融合した姿が、息を呑むほど綺麗で、まるで一枚の美しい絵として意味深く僕の記憶に刻みこまれていた。あとになって中世ヨーロッパのフレスコ画の中に、その時のシーンとまったく同じような横向きの聖母マリア像を見つけた時に、その美しさの意味がわかり得た気がした。

それは、望んではいないのに繰り返される破壊（災害や争い）によって失われていく人々や物や街並みへの鎮魂と再生への願いを、イエス・キリストを慈しむ聖母マリアの姿と重ね合わせて見出せたからなのかもしれない。

秋も深まったある日曜日、普段の日常を取り戻した僕は、ふたたび〈ロストシティ〉があったあの場所に出かけてみた。あそこを含めた草原地帯の全域をつぶして総合大学をつくる予定になったという話を知って、見納めにもう一度行ってみようと思ったのだ。

衣替えをすませたススキの草原は、なだらかに幾重にもうねった地面に白銀色の透きとおった綿のような穂を一面に敷きつめ、夏の日と反対の方角から吹いてくる風が、サラサラと海の波のような音を響かせ、白い筋を走らせていた。赤とんぼの大群が、ススキの中でミニチュア戦闘機のように空中戦を繰り広げており、さらにその遥か上空では訓練中の白いレース鳩たちが群れをなして旋回しているのが見えた。

すっかりススキに覆われてしまったケモノ道の跡を掻き分け何とか崖に到着して、久しぶりに見た谷底は、〈ロストシティ〉が跡形もなく消えていて、巨大なすり鉢のようなだだっ広い更地と化していた。道路側の出入口にはカギの掛かった鉄製の板状の頑丈な門ができあがり、崖の上には背丈ほどの鉄条網がぐるりと張り巡らせてあって、誰も侵入できないように仕切られていた。が、僕にとってこの程度の防壁は何の効果もない代物で、難なくそこをくぐり抜け（ちょっとしたコツがあるのだ。枝などの棒切れを二本用意し、柱と柱の中間に立ち、下側の有刺鉄線を棒を使って足で踏みつけ、その上の有刺鉄線を棒で思い切り持ち上げれば、僕くらいの背丈ならくぐり抜けることができる）、崖を下り、円形状の谷底へ降り立った。

障害物を失った谷間の風は勝手気ままに吹き回り、いたる所でダンスのようにクルクルと舞い、小さな竜巻を作り、砂埃を巻き上げていた。真朱色《バーミリオン》の地面には所々にたくましい雑草が早くも芽生え始めている。僕はまわり一面を見わたして、今さらながら、ここがとんでもなく広大な場所だったことに驚いた。

この夏、確かに僕らはここにいたのだ。

ここにいて、手品のように忽然《こつぜん》と現れては消え去っていった鉄屑の一群に囲まれて、僕らは遊び回り、跳び回り、暴れ回り、驚き、惹かれ、怖れ、喜び、悲しみ、楽しみ、胸躍るような、心沸き立つような日々を過ごしていたのだ。

すりガラスのように青く煌《きら》めいた空の下で。

ひょっとしたら。

僕は、また妄想にふけった。ひょっとしたらあの〈ロストシティ〉は、撤去されたのは仮の姿で、本物はひとつの巨大な自動車となって時空をゆうゆうと走り回っていて、ある時ゆっくりとブレーキをかけ、どこかに降り立ち、僕らのような冒険好きの少年たちの前に姿を現すのではないだろうか。

ふと、向こうの土の中に光るものが埋まっているのを見つけた。

そばに寄って掘り返してみると、何と秘密基地〈指令室〉で合図のために吊るしてあったミラーボールだった。所々欠けて、ほとんどミラー部分が剥がれ落ち、ボロボロになっていたが、落ちている位置から見てあの海賊の旗がわりに使っていたミラーボールに間違いなかった。これだけが運びそびれて、捨てられたままになっていたのだろう。

それを手に持ち上げた瞬間、僕の中で何かが変わった——のに気がついた。それは、奇妙で、独特の感覚だった。どう言えばいいんだろう。——僕が幼稚園の頃、街のどのデパートでも屋上にはさまざまな遊技施設が備えられていた。僕はその中でロケット型の電動ライドが大好きで、いつも親にせがんで乗せてもらっていた。ロケットにまたがってモーターの振動に身を任せていると、まるで自分がパイロットにでもなった気分に浸れたのだ。それがある日、いつものようにコインを入れ、乗りこんだ時、自分の何かがふっと入れ替わったのを感じた。体が大きくなって乗り物に合わなくなったせいもあるだろうが、その時に自覚した「ああ、これに僕はもう二度と乗ることはないだろう」という決別の感覚——そんな感覚に似ていた。

きっと、僕はこの瞬間に何かを手に入れた。と同時に何かが去っていったのだろう。

ついこの前まで、僕は野原を軽々と駆けまわっていた。実に軽々と。忘れもしない、僕はなだらかな野原の下から上へ、フワリと飛び上がったことがあった。本当なのだ。あの時確かに僕の足には翼が生えていた。その羽根をこの瞬間脱ぎ捨てた。一つ大人になるという代償に。

そう、僕はたった今、ひとつひとつ夢中で味わったドロップ缶を空にしたのだ。

宇宙は遥かに遠く、山は高く、ソーダ水は甘酸っぱく、コオロギはちっぽけで、僕は僕そのままの大きさでここに立って生きている。僕は生き続け、成長していく。未来圏から吹いてくる法則と秩序という無慈悲な風に向かって、僕は身をかがめ勇気を持って突き進んでいく。でも、かわりにいろいろなものが僕の中から消え去っていったとしても、僕はこの夏と、地図に載っていないこの不思議な場所での出来事だけは一生胸につなぎとめていこうと思う。

決して忘れたりはしない。

この宝石がちりばめられた王冠のような思い出だけは。


僕はミラーボールを二、三回手の中で転がしたあと、思いきり空目がけて放り投げた。

ミラーボールは太陽をいっぱいに浴び、キラキラと光の粒となった後《のち》、どこかへ消えていった。

あとがき
POSTSCRIPT

この作品は、僕が初めて出版する本です。

10年ほど前に手がけたのですが、いろいろな事情があり、お蔵入りになっていたものです。

今回ご縁があってポット出版プラスから発表することができ、ありがたく思っております。


出版にあたって、文章は多少手直しを加えましたが、イラストは10年前に描いたものをそのまま使っています。当時はネットでの肖像権の意識が今ほどシビアではなく、僕自身も気楽にネットで参考になる画像を探し、それを元にイラストを描かせてもらっていました。

画像をそのままコピーした訳ではなく、僕なりのタッチでオリジナリティを出したつもりではありますが、参考にさせてもらったことには間違いありません。

今回、それら画像の持ち主様を捜したのですが、情報を控えておらず、画像そのものもすでに消失してしまっていたため、探し出すことが出来ませんでした。

その持ち主の方々に事後承諾になってしまい申し訳ありませんが、このイラストを使用することを赦していただきたいと思っております。

よろしくお願いいたします。

町田謙介

町田謙介（まちだ けんすけ）

1957年北海道名寄市生まれ。多摩美術大学油画科卒業。ミュージシャンとして日本のルーツ・ミュージックシーンで活動。メジャーレーベル P-VINE から 4 枚の CD を発表。

「FIRST GAMBIT」が雑誌「CD ジャーナル」の年間ベストアルバムの「録音賞」を受賞、アメリカの音楽雑誌「CMJ（College Media Journal）」に採り上げられ、「FUTURE BLUES」が雑誌「BLUES & SOUL RECORDS」の2009年、年間 ALBUM BEST10 の 4 位に選ばれる。

精力的にライブ活動を行い、台湾ツアー、中央線マラソンライブ（24 日間連続ライブ）などを成功させ数々のメディア（朝日新聞等）に紹介される。

幅広い音楽活動のほか、デザイナー、役者の顔も持つ。

HP：http://www.machiken9027.com（マチケン通信）

ポット出版プラス

ポット出版プラスは、2016年8月よりスタートした**ポット出版**の新レーベルです。
本を早くお客様に届けられるよう、書店と直接取引をする流通方法に変更します。
ポット出版の既刊本は、これまでどおり取次店（問屋）から書店に出荷・返品受付をします。

書名————ジャンク ジャングル キッズ
文・画————町田謙介
編集————那須ゆかり
デザイン———山田信也
校正協力———田辺育代
発行————2016年8月10日［第一版第一刷］
発行————ポット出版プラス
150-0001 東京都渋谷区神宮前2-33-18#303
電話　03-3478-1774　ファックス　03-3402-5558
ウェブサイト　http://www.pot.co.jp/
電子メールアドレス　books@pot.co.jp
郵便振替口座　00110-7-21168　ポット出版
印刷・製本——シナノ印刷株式会社
ISBN978-4-86642-000-4 C0093

JUNK JUNGLE KIDS
by MACHIDA Kensuke
Editor: NASU Yukari
Designer: YAMADA Shinya

First published in
Tokyo Japan, Aug. 10, 2016
by Pot Publishing Plus

#303 2-33-18 Jingumae Shibuya-ku
Tokyo, 150-0001 JAPAN
E-Mail: books@pot.co.jp
http://www.pot.co.jp/
Postal transfer: 00110-7-21168
ISBN978-4-86642-000-4 C0093

【書誌情報】
書籍DB●刊行情報
1 データ区分——1
2 ISBN——978-4-86642-000-4
3 分類コード——0093
4 書名——ジャンク ジャングル キッズ
5 書名ヨミ——ジャンクジャングルキッズ
13 著者名1——町田　謙介
14 種類1——著
15 著者名1読み——マチダ　ケンスケ
22 出版年月——201608
23 書店発売日——20160810
24 判型——A5
25 ページ数——224
33 出版者——ポット出版プラス

本文●b7トラネクスト・四六・Y・71.5kg
表紙●ヴァンヌーボV・スノーホワイト・四六・Y・235kg ／ 4/0C ／マットPP
帯●ユーライト・四六・Y・90kg ／ 4/0C
使用書体●本明朝　ゴシックMB101　Futured
2016-0101-1.3

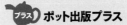